Tucholsky Wagner Zola Scott Sydow Freud Schlegel
Turgenev Fonatne Wallace
Twain Walther von der Vogelweide Fouqué Friedrich II. von Preußen
Weber Freiligrath Frey
Fechner Fichte Weiße Rose von Fallersleben Kant Ernst Frommel
Richthofen
Hölderlin
Engels Fielding Eichendorff Tacitus Dumas
Fehrs Faber Flaubert
Eliasberg Ebner Eschenbach
Maximilian I. von Habsburg Fock Zweig
Feuerbach Eliot
Ewald Vergil
Goethe London
Elisabeth von Österreich
Mendelssohn Balzac Shakespeare Dostojewski Ganghofer
Lichtenberg Rathenau Doyle Gjellerup
Trackl Stevenson Hambruch
Mommsen Tolstoi Lenz Droste-Hülshoff
Thoma Hanrieder
von Arnim Hägele Hauff Humboldt
Dach Verne Hagen Hauptmann Gautier
Reuter Rousseau
Karrillon Garschin Baudelaire
Defoe Hebbel
Damaschke Descartes
Hegel Kussmaul Herder
Wolfram von Eschenbach Dickens Schopenhauer Rilke George
Darwin Grimm Jerome
Bronner Melville Bebel Proust
Campe Horváth Aristoteles Federer
Voltaire Herodot
Bismarck Vigny Barlach
Gengenbach Heine
Storm Casanova Tersteegen Grillparzer Georgy
Lessing Gilm
Chamberlain Langbein Gryphius
Brentano Lafontaine
Claudius Schiller Kralik Iffland Sokrates
Strachwitz Schilling
Katharina II. von Rußland Bellamy
Gerstäcker Raabe Gibbon Tschechow
Löns Hesse Hoffmann Gogol Wilde Gleim Vulpius
Luther Heym Hofmannsthal Morgenstern
Klee Hölty Goedicke
Roth Heyse Klopstock Kleist
Luxemburg Puschkin Homer Mörike
La Roche Horaz Musil
Machiavelli Kierkegaard Kraft Kraus
Navarra Aurel Musset
Nestroy Marie de France Lamprecht Kind Kirchhoff Hugo Moltke
Laotse Ipsen Liebknecht
Nietzsche Nansen
Marx Ringelnatz
von Ossietzky Lassalle Gorki Klett Leibniz
May vom Stein Lawrence Irving
Petalozzi Knigge
Platon Michelangelo Kafka
Pückler Kock
Sachs Poe Liebermann
Korolenko
de Sade Praetorius Mistral Zetkin

Der Verlag tredition aus Hamburg veröffentlicht in der Reihe **TREDITION CLASSICS** Werke aus mehr als zwei Jahrtausenden. Diese waren zu einem Großteil vergriffen oder nur noch antiquarisch erhältlich.

Symbolfigur für **TREDITION CLASSICS** ist Johannes Gutenberg (1400 — 1468), der Erfinder des Buchdrucks mit Metalllettern und der Druckerpresse.

Mit der Buchreihe **TREDITION CLASSICS** verfolgt tredition das Ziel, tausende Klassiker der Weltliteratur verschiedener Sprachen wieder als gedruckte Bücher aufzulegen – und das weltweit!

Die Buchreihe dient zur Bewahrung der Literatur und Förderung der Kultur. Sie trägt so dazu bei, dass viele tausend Werke nicht in Vergessenheit geraten.

Die Schmiere

Otto Stoessl

Impressum

Autor: Otto Stoessl
Umschlagkonzept: toepferschumann, Berlin

Verlag: tredition GmbH, Hamburg
ISBN: 978-3-8424-1203-3
Printed in Germany

Die Schmiere

Novelle

von

Otto Stoessl

Weltgeist-Bücher
Verlags-Gesellschaft m.b.H.
Berlin
(1927)

In einer Sommerfrische am Salzkammergutsee machten eines Augusttages große Plakate Aufsehen, die teils von einem jungen Manne in nachlässigem Touristengewand, mit einem Jägerhütel auf dem braunlockigen Kopfe, teils von einem alten, glatzigen und rotnasigen Menschen ausgetragen wurden, der wie ein Laternenanzünder herumlief, mit einer Schirmkappe und in einem Leinenkittel, in dessen Taschen er fünfundzwanzig Gegenstände verwahrte: eine Brille, eine Pfeife, ein rotblaukariertes Sacktuch, eine hölzerne Dose, ein Stück betagtes Brot, eine Tüte mit Malzbonbons gegen seinen Husten, einen Tabaksbeutel, »Schillers Räuber«, ein zerlesenes Büchel aus Reclams Universalbibliothek, ein Feuerzeug, einen Pinsel zum Kleistertopfe. Den trug er in der linken Hand, deren Arm, an den Rumpf gepreßt, ein Bündel solcher Anschlagzettel festklammerte. Sie sollten nämlich aus Ersparungsrücksichten womöglich verteilt und nur an besonders auffallenden Stellen angeschlagen werden: beim Hotel und Bürgermeisteramt, am Platze und an der Badeanstalt. Sonst aber wurden sie in die Häuser persönlich getragen mit der Bitte, sie gütig aufzubewahren, damit sie seinerzeit wieder abgeholt werden könnten. Der Alte erklärte sich den Herrschaften, besser noch den Dienstpersonen weiblichen Geschlechts und jeden Alters recht ausführlich über das Institut, das er zu vertreten die Ehre hatte: Madame Überackers, Friederike Therese Überackers modernes Ensemble. Er war vormittags Zettelausträger, aber auch Markteinkäufer für die Frau Direktor, abends Inspizient, Requisiteur, Beleuchtungsmeister, Souffleur, komischer Alter im Nebenfach, Gewitter und Donner, diensthabender Regisseur, platzanweisender Billetteur. An der Kasse saß die Direktorin persönlich.

Der Junge im Touristengewand betrieb das Geschäft weniger dringlich, mehr als Sport, oder tat und meinte so. Er hatte ein kühnes, beinahe wildes Abenteurergesicht – oder meinte so –, dessen braune Augen lebhafter schienen als der Mund unter dem kecken Schnurrbart. Der Mund war nämlich an den Winkeln leicht herabgezogen, von der eingeklemmten Zigarette, aber wohl auch von allerhand Erlebnissen. Der Herr benahm sich so ungezwungen, als betriebe er diese Zettelverteilung zum Extravergnügen, um nebenbei eine Seitenbekanntschaft, eine außerberufliche Anregung zu suchen und um zu erproben, wie weit seine Blicke verfingen und seine Persönlichkeit als solche bedeutend und gewinnend wirkte – von der Kunst vorläufig ganz abgesehen. Er hatte aber diese Verteilung bald aufgegeben, als ihn die Doktorsfrau so merkwürdig mitleidig angesehen hatte. Mitleidig, statt interessiert. Das sagte ihm nicht zu. Im Gegenteil, das Mitleid war durchaus auf seiner Seite. Das Touristengewand war wohlerhalten und von gutem Schnitt, er trug es vornehm nachlässig, mit breit umgeschlagenem, weißem Hemdkragen und einem violetten machtbewußten Schlips. Daß er der jugendliche Held, der Bonvivant, der erste Liebhaber, die Haupstütze des modernen Ensembles war, mußte man bemerken, wenn man überhaupt auf der Welt etwas bemerken konnte, was übrigens nicht so häufig vorkommt, wie die Leute glauben, weil sie Augen im Kopfe zu haben behaupten. Junge Mädchen bemerken so etwas von Natur und von weitem noch am ehesten, sie wittern es, besonders wenn sie sich auf Sommerfrische langweilen und eine Abwechslung nach den gewohnten Courmachern verlangen, etwas Gruseliges, Verbotenes, etwas Bescheiden-Ungeheuerliches, ähnlich wie ein Trinker manchmal nach Fusel. Sie sind großartig, diese kleinen Mädchen in den kindlichen Dirndlgewändern, die gar so viel lachen, tuscheln, Nachrichten verbreiten, Schauergeschichten und

Heiratssachen, die ihre Mitgiften alle für ein Abenteuerchen zu
vergessen bereit sind und erst wieder in ihren Gedanken hervorholen, wenn es halb gut, halb schlimm ausgegangen ist. Schlimm für
sie natürlich, für ihn konnte nichts schlimm ausgehen. Nichts mehr.

Der Tourist, Held, Liebhaber, Bonvivant stand nach aufgegebenem Zettelaustragen eine Viertelstunde vor der Badeanstalt und
schaute zigarettenrauchend dem Treiben im Wasser unten zu. Er
hatte einen recht guten Platz dafür, wie in der Fremdenloge gegenüber der Bühne. Er konnte die Damen in den gefallsamen, dezentschamlosen Schwimmkleidern beisammen sitzen sehen, oder wie
sie schmachtend stehen bleiben und unbestimmt wohinblicken,
oder wie sie wiegend über die hölzernen, eingeländerten Wege
gehen oder im Bade langsam schwimmen, lachend einander und
die Herren bespritzen, endlich tropfnaß unter Mänteln und Tüchern
schauernd in die Kabine laufen. Er genoß alle Phasen dieser bewegten Herrlichkeit, wie ein Fachkundiger etwa im Mikroskop die Infusorien durcheinanderwirbeln sieht, und überlegte dabei, ob er
eine Karte lösen und hinuntersteigen sollte, um zu baden; heiß war
es, und unten ergab es sich etwas leichter . . . Was denn? Er wartete
immerhin gelassen darauf, als sei es schließlich doch nur eine Belästigung. Es gehörte zur Sache, zu einem normalen Sommerschauspielerleben. Der Winter! – Sprechen wir lieber nicht davon, er hatte
noch kein solides Engagement. Viele Briefe waren unbeantwortet
geblieben. Aber wer denkt an den Winter, solange die kleinen Fräulein da – im Badekostüm sind sie alle so klein, lauter Kinder Evas –
plätschern und einander zuwinken und ihn meinen. Schaut denn
diese Schmachtende, Mandeläugige, die in der weißen Sonne, die
Arme über dem Knie gekreuzt, gerade unter ihm sitzt und gelegentlich ihr tadelloses Bein, ihren Fuß mit den kleinen parallelen rundlichen Zehen betrachtet, um in den Pausen, welche ihr Vollkommenheitsbewußtsein zuläßt, aufzublinzeln, etwa zur Sonne oder zu ihm
hinauf? Kann es darüber eigentlich eine Frage geben? Und wenn ihr
die lebhafte Braune, die so tut, als wenn sie fünfzehn Jahre alt wäre,
entgegenlacht, die Zähne zeigt und etwas schreit, einen Namen
oder um den Kabinenschlüssel oder eine Verabredung für heute
nachmittag, so meint auch sie nur ihn. Winkt auch sie nicht nach
ihm, wenn sie vom Wetter spricht? Er vertritt die Himmelsgegend
und Windrichtung und jegliche sonstige Verabredung.

Die Badenden wissen in der Tat, wer der interessante Mann da oben ist. Die Kunde verbreitet sich so wie eine Skandalnachricht aus der Stadt oder wie Wolken am Himmel. Mit einem Wort: man kennt ihn, man ist auf ihn gespannt. Was ist er für einer, ein »großer Künstler«? Nein, das braucht man nicht zu glauben, daß ein Mitterwurzer sich just in eine Schmiere verirren würde, obschon auch solche Wunder vorkommen. Aber was ist er für ein Mensch? Kann man mit ihm was anfangen? Wie würde er sich beispielsweise beim Tanzen benehmen? Sie schauen zu ihm hinauf, indem sie die Augen mit der Hand beschützen, angeblich vor der Sonne; sie unterhalten sich über ihn, sie machen Witze, sie tun, als ob sie spotteten. So tun sie immer. Das schadet gar nichts. Spott nicht, nur Mitleid tut ihm weh, Spott, Mädchenspott ist sogar eine Erleichterung für das Spätere. Er hört dieses Lachen immer gern, obgleich es immer so ähnlich klingt wie dieselbe Rolle, die von verschiedenen Personen gespielt wird. Den Text kennt er auswendig, aber die Auffassung ist so verschieden, heute hier, in vierzehn Tagen drei, vier Stunden weit weg, kurz fünf-, sechsmal in einem Sommer kann man rechnen. Im Herbst geht es schon schwieriger zu, in den kleinen Städten bei den ansässigen Hausfrauen, nur die kommen dann in Betracht. Diese Hausfrauen aber haben Mitleid, gemischt mit Grauen, und tragen Flanell. Die Angelegenheiten nehmen dann einen ängstlicheren Verlauf, zwischen Küche und Treppe, es gibt allerhand Hindernisse, Unannehmlichkeiten, Prügeleien, Szenen der Wirklichkeit fallen vor, es wird auch schon kühl, man schläft im Theatersaal oder in Heuböden, das Gewand wird abgenützt. Die Wintergarderobe erneuert sich schwieriger. Überhaupt der Winter – was schiert ihn diese trostlose Zeit. Hol' sie der Geier! Ja, was die Frage betrifft, ob er baden sollte? Es war ihm heiß, aber eine Krone Eintrittsgeld schien ihm immerhin verschwendet, er konnte ja später am Seeufer weitergehen und ohne Förmlichkeiten die Kleider am Ufer ablegen, ins Wasser springen und sich's wohl geschehen lassen. Die Schmachtende gab sich gar keine Mühe, den Eindruck zu verbergen, den er auf sie gemacht hatte, schon teilte sie ihre Aufmerksamkeit nicht mehr zwischen ihren Fußspitzen und ihm, sondern zwischen dem blauen Himmel und ihm, ein entschiedener Fortschritt. Er rauchte weiter. Er ging auch auf dem Wege auf und ab, um andern Blicken zu begegnen. War er etwa auf sie allein angewiesen? Da sei Gott vor! In der »Saison« hatte er die Wahl.

Die Schmachtende war in einer Kabine verschwunden. Nun galt es aufzupassen, ob sie vom Bade hierher kam, das heißt: wann sie kam, denn es blieb ihr ja keine Wahl. »Durch diese hohle Gasse« – Ein Gärtnerbursche trottet mit einem Korb Rosen vorbei. Kind Gottes, schaut der aber blöd' drein! Er grinst, beim lebendigen Gott, er grinst. Aus Verehrung oder aus Dummheit? Dem Touristen juckt es in den Fingern, sei es zu einer Ohrfeige oder nach den Rosen. Nein, er kann nicht mehr Einhalt tun, er pfeift dem Jungen zu, gebieterisch, er winkt ihn herbei, er schneidet ihm eine drohende Fratze, so daß der Minderjährige ein schiefes Maul zieht, er faßt den vollen Korb an und prüft die Rosen, er wählt mit sicherer Hand die schönste, indessen der Jammerfritze für alle zittert, eine gelbe, leicht zugespitzte, in sich geschlossene wählte er, ha, darauf versteht er sich, eine wilde, keusche, eine frommabenteuerliche Maréchal Niel. Er denkt an die leicht gebräunte Haut und an das glatte, sanfte Haar der Schmachtenden da unten. Dafür passen gerade diese Rosen. Er wirft dem Jungen eine Krone zu und gibt ihm einen leichten Stoß, um ihn in Bewegung zu setzen. Er hält die Maréchal Niel vorsichtig zwischen Daumen und Zeigefinger. Endlich kommt die Person in dunkelblauem Matrosenkleid mit gelblichem Kragen – alle Achtung! – Das glatte Haar fällt offen über ihren schönen gefühlvollen Rücken, sie steigt langsam die steile Holztreppe hinauf, Schritt um Schritt, sie überlegt sich in ihrem Gang, sie hält den Kopf geneigt und blickt zur Erde, mit der Rechten stützt sie sich auf das Geländer. Ach, wie lange sie braucht zum Vorüberkommen! Sie überlegt das Vorüberkommen. Und wie atemlos ist dieser Verzug! Weile mit Eile. Ganz zwecklos, ganz überflüssig überlegt sie, aber sie hält es für unerläßlich, so wie sie früher ihre Aufmerksamkeit zwischen ihm und ihren Zehenspitzen zu teilen für nötig erachtet hatte. Sie überlegt ihn. So ist es. Jetzt hat sie endlich den Weg erreicht, sie geht, sie kommt näher. Warum gar so langsam? Noch immer den Kopf gesenkt?! Endlich, einen Schritt vor ihm, hebt sie den Kopf, als hätte sie erst jetzt gespürt, daß jemand vor ihr, in ihrem Wege steht. So ist die vorgeschriebene Szene! Regiebemerkungen der weiblichen Psyche, denkt der jugendliche Held des modernen Ensembles! Aber schon überreicht er die Rose. Es gibt keine Wahl, wenn sie vorbei will, als ihn anzusehen und die Rose und seine ganz zwanglose, leichte Gebärde, welche die Rose anbietet. Es kommt wie immer. Sie errötet bis zu den schwarzen Haaren hinauf, sie wird ernst, sie überlegt ihn, sich, die Rose, den Weg an ihm vorbei, die Leute im Bade unten, ob es wer sieht, überlegt blitzschnell, daß es nur eines gibt, die Rose nehmen, um unbemerkt davonzukommen, denn jede Weigerung könnte, müßte zu weiterem führen, das möchte auffallen, und so fort. So langt sie nach der Rose, blickt ihn aus den mandelförmigen, listig geschlitzten, schläfrigen, samtschwarzen Augen an, lächelt, wobei sie eine Reihe leuchtender Zähne zeigt, natürlich, dazu ist das Lächeln da, für sie, für ihn, faßt ihren Rock fester mit der Linken, macht eine leichte, schmiegsame Wendung an ihm vorbei, einen Zentimeter verfehlt, und ihre Hüfte hätte ihn gestreift. Sie nickt langsam, deutlich und doch nur um einen Deut, während sie mit der Rechten die Rose hält. Endlich ist sie an ihm vorüber, er glaubt einen Atem von Kühle, einer gebadeten, frischen braunen Haut zu spüren, einen Nixenhauch, er hört das leise Rauschen ihrer Kleider. Sie geht langsam weiter, er sieht sie mit der Rechten die Rose empor an ihre Brust heben. Sie steckt sie dort an, am richtigen Platze. So . . .

Am Nachmittage wird beim Kaffee an den Tischen vor dem Hotel das Ereignis der Saison besprochen: Modernes Ensemble der Madame Überacker. Heute: »Der Sohn der Wildnis«, dramatisches Gedicht von Friedrich Halm. Bei der Parthenia standen drei Kreuzchen. Unten waren sie erklärt: Madame Friederike Therese Überacker als Debut. Daß man gehen wollte, war selbstverständlich; man versprach sich auf jeden Fall Unterhaltung. Der Baron Bühl, ein stattlicher Fünfziger, der hier ein großes Gut hatte und die meiste Zeit des Jahres hier verbrachte, ein weltkundiger, kunstfreundlicher Herr, sagte: »Ich möchte lieber nicht hingehen.« »Warum nicht?« bedrängte man ihn. »Ich kenne diese Schmieren. Ich habe schon so viele gesehen. Elend und Armut, Unfähigkeit und Eifer, Pathos, das sich lächerlich macht, ein Unternehmen, das auf den Hohn, auf die Schadenfreude der Zuschauer berechnet ist und sich dabei doch selbst durchaus ernst nimmt. Eine Kunst, die wirklich nach Brot, nach dem armseligen Stückchen trockenen Brotes geht und dabei zu den Sternen schmachtet. Sie spielen die »Räuber« mit fünf Personen, und nicht nur Franz und Karl Moor werden von einer, sondern auch die ganze Bande von einer einzigen andern gegeben. Sie haben nichts gelernt und alles vergessen. Als sie jung waren und hoffen durften, war es ganz zulässig, aber nach einem

Dutzend Jahren? Sie weinen und brüllen und reißen Kulissen und schämen sich nicht im mindesten, ebensowenig wie wir, daß wir Menschen auslachen, die es so ernst meinen und sich so treu bemühen. Sie müssen zusehen, wie wir lachen, bei allem Schweiß und im Angesicht des Souffleurs auf uns Publikum achten. Dabei könnte es doch sein, daß sie zu etwas anderem, Nützlicherem taugten, wobei ihnen wohl wäre, wobei sie mehr verdienten und endlich aus der ewigen Sorge herauskämen. Aber das wollen sie ja gar nicht, wollen nur ›ihre Kunst‹ – ihr Hundeleben!«

Die Schmachtende, die noch die gelbe Rose an der Brust trug, sagte nachdenklich: »Und doch haben die meisten großen Schauspieler so angefangen.« Sie senkte rasch die Wimper, den langbefransten Vorhang über dem dämmrigen Schauplatz ihrer Gefühle. »Aber sie haben nicht so aufgehört.« »Vielleicht gibt es auch heut einen Helden für die ›Burg‹ zu sehen!« »Nun und wenn! Um so trauriger, daß er dann für uns hier spielen muß.« »Ich freue mich, bevor wir fortfahren, noch den Spaß zu haben«, sagte die Schmachtende, die mit einem gichtbrüchigen alten Herrn hier war, ihrem reichen Onkel, der ihre Launen und Einfälle mit gelassenem Witze hinnahm. Sie wollten bald nach Linz und von dort mit dem Schiff nach Wien reisen.

Am Abend fand sich der Theatersaal des Einkehrgasthofes »Zum braunen Ochsen« gesteckt voll. Der »Braune Ochse« war ein altes Bauernwirtshaus, das nur von Viehhändlern, Schwerfuhrwerkern im Vorüberziehen, sonst von den Ortsansässigen besucht wurde. Die Sommergäste kamen für gewöhnlich nicht hin. Es lag in einer Ecke des Marktes, an der Straßenkreuzung, weit weg vom See und von den hellen Landhäusern und vornehmen Hotels. Aber es hatte eben den Theatersaal, das heißt eine geräumige Diele, wo ein Podium aufgeschlagen war. Auch ein Vorhang, rot mit goldener Lyra, war vorhanden und ein Souffleurkasten. Im Winter wurde hier getanzt. In den vorderen Reihen saßen die hochgeehrten Zuschauer, die Sommergäste, die gelangweilten jungen Herren in weißen Anzügen, mit Nelken im Knopfloch, die verheirateten Damen mit den Gatten, die jungen Mädchen. Weiter hinten das weniger hochgeehrte, aber das eigentliche Publikum, das für eine Krone Entree mindestens einen Kunstgenuß fürs Leben gewärtigte und fand. Es kam darauf an, für wen gespielt wurde. Auch da gab es wieder »Schichten« der Gesellschaft: den beleibten Tierarzt mit Gemahlin und Töchterchen, den Bürgermeister, seines Gewerbes Fleischhauer, den Bäcker, den Tischler, den Schuhmachermeister, alle mit ihren Frauen in schwarzen Kleidern mit goldenen Broschen und modernen Hüten. Die Fräuleins in den ersten Reihen trugen Dirndlkleider und benahmen sich gar nicht zurückhaltend. In den hinteren Reihen, wo man noch wußte, was sich gehörte, befliß man sich würdiger Zurückhaltung. Noch weiter hinten waren die Namenlosen, die Bauern in schweren Stiefeln, Knechte, Mägde, die auch schon wieder mit dem Dirndlgewand ein ungezwungeneres Benehmen vereinbar fanden und kicherten, Kinder, viele Kinder von sechs bis vierzehn Jahren, standen ganz hinten, blonde blauäugige Einfalt, vielleicht wartet die eine oder andere auf den Funken, der von der Bühne in ein Herz, in ein Gehirn fallen konnte. Wer weiß? Die meisten aber lutschten Erdäpfelzucker. Ein Klavierspieler, der zu solchen Gelegenheiten immer verfügbar war, klapperte etwas wie eine Ouverture. Dann begann die Komödie.

Frau Friederike Theresia Überacker als Parthenia. Ihre Tectosagen, es waren nur zwei wilde Männer, die Bauernlammfelljacken mit nach außen gewendetem Futter umgehängt und mächtige Bärte trugen, sagten immer »Bardenia«. Die edle Zähmerin des Widerspenstigen hatte ein rosa Tarlatankleid, das ihr nur bis an die Knöchel ging und mit geringen Veränderungen jedenfalls auch im modernen Lustspiel als Balltracht der »Naiven« verwendet zu werden pflegt. Vorsichtshalber – für den Salongebrauch – war es unter dem Halse – zu weit darunter – ausgeschnitten und mit Rüschen besetzt, aus denen knochige Schulterblätter und ein langer Schwanenhals – einer der Herren nannte ein genießbares Federvieh – hervortraten. Auf diesem Halse saß ein großer sorgfältig frisierter Kopf mit gebrannten Löckchen, ein altes, abgebrauchtes Gesicht mit großem, vom vielen langen, lauten Sprechen ausgearbeiteten Munde. Der Mund und die noch ganz anständigen Zähne besaßen ohne Zweifel Ausdruck. Den Ausdruck von müder Schwärmerei, von abgerackerter Sehnsucht, von alltäglicher Berufsleidenschaft, Brotsorge und Trotz und – Gefallsucht. Ihre Augen, braun und flink, sahen gewissermaßen überall hin, ob alles recht war und am Platze, Publikum, Mitspieler, Requisiten, Petroleumlampe in der Mitte – sie rauchte doch wohl nicht? – und Kerze im Souffleurkasten! War der alte Glatzkopf verläßlich? Ihre Arme, bis zu den Schultern bloß, schienen sehnig und hager, die Ellenbogen stachen spitz hervor, und am Halse hatte sie viele Falten. Übrigens auch an den Schläfen und Augenwinkeln. Sie lächelte als junge Griechin wie eine Fünfzehnjährige, sie sprach ihre Verse, wie man vor zwanzig Jahren mit zwanzig Jahren gefühlvoll und sentimentalisch redete. Die Bühne war sehr eng, kaum zwei Leute hatten hintereinander Platz. Sie mußte sich nach ihrer eigenen Inszenierung und Vorschrift, von der sie sich Wirkung versprach, in der Ecke niederlassen. Die Decke stand niedrig über ihr. Friederike Theresia war zu hoch gewachsen, beim »Schreiten« schien sie die Wolken zu berühren. So waren die Vorzüge ihrer Bühnenerscheinung hier nachteilig. Aber wenn sie saß, hockte und ihr sinniges Körbchen hielt, aus welchem Ingomar die Blumensprache lernen sollte, erwies sich der Raum auch wieder als zu schmal, sie mußte also die Beine über das Podium herabhängen lassen, was einerseits auf moderne unmittelbare Wirkung berechnet war, aber anderseits wieder zu Bemerkungen des vordersten Publikums Gelegenheit bot. Die Mädchen lachten, je inständiger sie es ihnen gleichtun wollte, die doch aus einer ganz andern Schule kamen und anders Theater spielten. Die Herren rissen gewagte Witze und redeten in den Dialog hinein. Madame Überacker aber ließ sich weder aus ihrem Lächeln, noch aus ihrer Rede bringen, unaufhaltsam strömten die glatten Verse von ihren bitterlich süßen, überroten, schmalen Lippen, und ihre gehetzten braunen Augen nur sprangen unruhig überallhin, wie Vögel im Käfig. Ingomar war nachlässig, ein wilder Gentleman, er benahm sich auf gute Manier unmanierlich, er sprach modern, schon weil er über der Rolle stand und dem Souffleur folgte; er hatte ein gewisses spöttisches Lächeln über Madame Überacker, aber auch über die Herren da unten und über die Damen, denen er seine eigene Poesie gab, statt der papierenen des Herrn von Halm. Je weiter das Stück vorwärts ging, desto lauter wurde in den vorderen Reihen mitgespielt, manchmal schien sich alles in einen wunderlichen neuen Dialog zwischen den Herrschaften unten und Parthenia mit ihren Tectosagen oben zu verwandeln. Als so die Handlung verdunkelt wurde, beschwerte sich das hintere Publikum mit Zischen, gebot Ruhe. Die Vorderen besannen sich dann einerseits der eigenen, anderseits der Würde des Ortes und schwiegen ein Weilchen, so daß Parthenias Rede wieder mächtiger anschwoll. Hinten wurde Beifall geklatscht. In dem Wogen und Murmeln der staunenden Bewunderung dieser Wilden hinten, die hier auch von der Kunst gebändigt und erzogen werden wollten, hatten die Unerziehbaren vorn Gelegenheit zu lachen. Den Baron Bühl schüttelte es. Er stand in einer Ecke, Parthenien gegenüber, und lachte lautlos, das Gesicht mit der Rechten bedeckend, denn er schämte sich. Sie mußte ihn ja sehen. Die schmachtende, bräunliche Mandeläugige aber neben ihrem alten Onkel lehnte sich in ihrem Stuhl zurück und war ernst. Der wilde Ingomar spielte für sie. Ihr galten seine kecken Nebenbemerkungen, sie fing seine Blicke auf, die er ihr statt Rosen zuwarf, wobei er aber nachlässig stand und ging und frei war, als stünde und ginge er unter hohem Himmel. Sie blickte kühl und gelangweilt, damit niemand bemerkte, daß diese Unverschämtheiten auf sie gemünzt waren.

So ward ein Akt nach dem andern abgespielt unter Lachen und Spott vorn, unter Beifall und kämpfender Aufmerksamkeit hinten. Für wen plagte sich Madame Überacker, für wen Ingomar? Sie nahm Rücksicht auf die »Gebildeten«, indem sie ihre Zwischenrufe ertrug, ja sogar gelegentlich wie in einem schweren Einverständnis mit einem Lächeln beantwortete, das um Geduld bat, sie zeigte ihre mageren Beine, hob ihre dürren Arme verführerisch auf und wand ihren faltigen Hals hierhin und dahin, ganz wohl wissend, daß alles den Teufeln vorn ein Extravergnügen war. Aber die Rolle nahm sie dennoch hin, riß sie fort und machte ihre Rede über die Vordern hinweg zu denen hinten dringen. Die Verse sprangen und schwangen sich zu den Bauern, zu Tischler und Schuster, zu den Knechten und Mägden, zu den mit offenen Mäulern staunenden Kindern hinüber. Denen galt sie, galt die Komödie, Handlung und Gedicht, Leben und Kunst, galt ihre eigene, Friederike Theresia Überackers Absicht, Bedeutung, Schönheit und edler Anstand. Sie spielte für beide Teile, für zwei Wesen in ihrem eigenen Selbst und für zwei Ungeheuer da unten. In ihr stand eine alte, wetterharte, versorgte, Truppe, Geld, Requisiten und Mannschaft zusammenhaltende, faltenhalsige Prinzipalin, die selbst die noblen Bestien bei ihren Schwächen packen wollte, und die war Parthenia heut, Amalia oder Wildfeuer morgen, war Selbstberauschung trotz allem, war Theaternärrin und Gedicht, Schwung und Begeisterung, gelebtes Leben im Spiel, war höhere Wirklichkeit, wörtlichere Wahrheit, als diese Elenden auch nur ahnen konnten. Sie verneigte sich nach jedem

Akte, indem sie zierlich ihren Rock mit den Fingerspitzen aufhob vor den Vorderen, ihnen lächelte sie zu. Sie ertrug ihr rohes Lachen. Denen da hinten aber schenkte sie den ruhigen, gebieterischen und dankbaren Blick ihrer traurigen Herrscheraugen. Den Vorderen warf sie, damit sie ihren Spaß hatten, zu guter Letzt noch ein Kußhändchen hin, ehe sie neckisch hinter die Kulisse zurücktrat. Sie verstand ihr Geschäft, sie fühlte ihre Kunst: Madame Friederike Theresia Überacker. –

Ingomar aber tat nur gezähmt und setzte seine im Stücke angebliche erlernte Erfahrung über das Wesen der Liebe praktisch ins Gegenteil um. Denn wahrlich, nicht auf sittige Gezähmtheit kam es heute an, das wußte er aus besserer Einsicht, als der Herr von Halm. Vielmehr auf Wildheit und Raub, auf unverschämte Herrschaft: Liebe oder Leben. Liebe und Leben! Einbruch ohne viel Zweifel und Bedenken! Dazu waren diese Herzen da und bereit, das wurde verlangt. Sie sollten auf ihre Kosten kommen. Er schminkte sich rasch ab und erreichte die Schmachtende eben, als sie vor dem Hotel einen Augenblick allein stand, um auf jemand zu warten. Er verneigte sich eilig vor ihr. Sie dankte mit einem fremden, erstaunten Blick. Er aber staunte darüber gar nicht, vielmehr flüsterte er, indem er langsam weiterging: »Ich warte am Ufer.« Sie warf ihm einen Blick zu voll Verwunderung, Belustigung, Ärger, als sei seine Zumutung ein Mißverständnis. Das klärte sich später schon auf. Er nickte noch einmal leicht mit dem Kopfe und verschwand in den dunklen Büschen, denn eben kam ein ganzes Rudel aus der Halle des Hotels hervor, junge Männer, Damen in Dirndlkleidern, Schals umgeschlungen, lachend, angeregt, vor dem Speisen und bereit zu allerhand abendlichen Unterhaltungen. Ingomar hörte noch, wie sie »Bardenia« riefen.

Er beeilte sich mit seinem Nachtmahl im »Braunen Ochsen« und ließ sich weder von der durch den Erfolg erfreuten Prinzipalin noch von seinen minder unternehmenden Kollegen abhalten, weitere Krügel des angenehmen braunen Bieres zu vertilgen, das hier ausgeschenkt wurde. Vielmehr empfahl er sich kurz, warf sein »Mahlzeit« fast verächtlich hin, zahlte seine Zeche und verschwand, nicht ohne daß die Überackerin ihm ängstlich nachsah. Sie hatte eine mit

Geschäftseifer gemischte, durch die Rücksicht auf ihr Ensemble weise eingeschränkte Vorliebe für ihn. Er gefiel ihr als Mensch, als junger unbändiger Bursch, als Abenteurer, sie konnte ihn in der Truppe gut verwenden, darum übersah sie auch seine häufigen Launen, genügte, so weit es nur irgend angängig war, seinen oft unverschämten Ansprüchen und Vorschußforderungen, aber sie zitterte um ihn, denn er war immer auf dem Sprunge, alles stehen und liegen lassen, wenn ihm der »Raptus« kam. Dieser Halbjahrsraptus erschien aber immer gerade in der guten Jahreszeit, wo solche Seitensprünge am gefährlichsten waren. Im Winter, wenn sie selbst nicht aus noch ein wußte, wenn sie in ungeheizten Quartieren lagen, froren und vor leeren Häusern spielten, um den Betrieb aufrechtzuerhalten, war er ganz vernünftig und anhänglich. Schon das dritte Jahr. An ständige Bühnen kam der arme Kerl wohl nicht mehr. Sie beobachtete im stillen ganz genau, wie er im Winter Briefe nach allen Weltgegenden ausschickte und vorteilhafte Photographien zusammensuchte. Es mangelte an Garderobe, an Gelegenheit, an Reisegeld. Immer fehlte etwas und immer war es gerade das wichtigste. Aber trotzdem stand er immer auf dem Sprunge, als wollte er noch anderes als Engagement, Rollen, Vorschuß und Beifall. Sie kannte diese Schmerzen, würdigte sie und fürchtete für ihn. Wenn er einmal den Raptus bekam und wirklich aussprang, dann war alles aus! Ihr Ensemble war auf ihn gestellt. Er war sozusagen der männliche Stern. Die Kritik hat leicht reden, daß man eine Bühne nicht so führen dürfe! Wachsen einem die Genies aus der flachen Hand, konnte sie die gleichwertigen Kräfte aus der Erde stampfen? Fand sie denn gleich einen andern? Ingomar hatte die Vorzüge seiner Mängel. Da war nichts zu machen, als daß man ein Auge auf ihn hatte. Das andere mußte man zudrücken. Heute hatte der Junge gewiß etwas Neues vor. Die Gage hatte er auch schon bekommen, einen Vorschuß dazu. Wolle Gott, daß er vernünftig blieb! Ihre Augen flatterten unruhig wie die Vögel im Bauer, indem sie den gefährlichen Helden begrüßten, aber zugleich den andern in der Runde die Honneurs machten.

Ingomar aber betete um eine tolle Bestätigung seiner Unvernunft. Er wandelte an dem einsamen Uferweg unter den tausend blinkenden Sternen der klaren Nacht, rauchte eine Zigarette nach der andern und wartete, ob die Schmachtende käme. Er befaßte sich mit dem Gedanken, wie es auszulegen wäre, wenn sie nicht erschiene. Das mußte keineswegs eine Ablehnung sein, mußte keineswegs bedeuten, daß sie ihn als einen Frechling nicht weiter beachtete. Sie konnte ja eine Abhaltung haben als junge Dame, deren Schritte bewacht wurden.

Er wartete. Allerhand Herrschaften kamen vorbei, Paare, größere Trupps. Gelegentlich bemerkte man ihn und flüsterte sich etwas zu, das sich auf ihn bezog. Seine Zigarette funkelte wie ein böses Raubtierauge. Er lauerte in ihrem Rauch. Vom Hotel drangen Lärm, Tellerklappern, das Geräusch von Bestecken, Stimmen herüber. Ein Klavier spielte einen Walzer. Wurde dort getanzt? Er überlegte, ob er nicht hingehen und eintreten sollte. Der große Speisesaal mit den noblen Leuten schreckte ihn aber ab. Er paßte nicht in solche aufreizend wohlhabende Gesellschaft, obschon er gerade bei Kasse war. Sie konnten ihn über die Achsel ansehen, er bekäme dann aber unweigerlich Lust, mit einem solchen Affen anzubinden. Dann gab es einen Krawall. Duelle mit einem Wandermimen? Sein Touristenanzug war für Gottes freie Natur, für Sternenhimmel und leisen Wellenschlag der Ufer bestimmt, für Menschenkinder, nicht für Hotelsaalgäste. Hier scheute er keinen Fürsten, dort war er ein unzuständiger Zaungast. Er wußte genau, wohin er sich zu stellen hatte. Und diese Schmachtende mußte es auch wissen, wenn sie überhaupt ein Gefühl ihrer eigenen Menschenwürde besaß. Vielleicht tanzte sie dort oben. Er stellte sich ihre volle, schlanke Figur vor, wie sie im Arm des Tänzers fast lag, den schweren schwarzen Kopf über seine Achsel herüberhängen lassend, gleich einer überschweren Rose, die Augen halb geschlossen. Er hätte gern mit ihr getanzt, einen Walzer mit schiebendem Zweischritt, als wiegte man sich zwischen Himmel und Erde, aber irgendwo unter Sternen, auf einem weißen, stillen Kiesplatz nach einer fernen Musik, sie zwei ganz allein auf der Welt unterm Licht der stillen Lichter oben, unter wehendem Bäumerauschen, erschrocken, wenn über ihnen ein Vogel mit schwerem Fluge auffuhr. Aber das ließ sich wohl nicht machen. Nie konnte er zu einem solchen Tanze kommen, ebensowenig wie zu einem in der Reunion eines Kursaales oder dort im Hotel. Das war vorläufig zu viel verlangt. Vorläufig! Wenn sie heute nur überhaupt kam. – Halt! Da kam sie! Sein Wunsch hatte sie gerufen. Sie kam auf das Stichwort. Die verstand ihre Rolle! Er war auf ihre spätere Auffassung gespannt. Nicht allein kam sie, sondern in Begleitung des alten Herrn, der sich mühselig an seinem Stocke fortbewegte, und eines jüngeren, der sehr beflissen lächelte. Hinter ihr folgten aber noch etliche junge Damen und Herren; sie alle gingen langsam, lachten und flüsterten. Hier und da gab es ein ordentliches Geschrei und einen richtigen Lärm von Stimmen durcheinander. Er stand still, er wich sogar einen Schritt zurück, um dem Zuge Platz zu machen. Es war hell genug, daß man ihn sehen konnte, mußte, so wie er die andern sah. Aber das hatte auch seinen Nachteil, denn die ganze Gesellschaft, die eben noch sehr laut und ungezwungen gesprochen und gelacht hatte, schwieg plötzlich, wie auf ein Zeichen, und bewegte sich behaglich, aber rücksichtsvoll abgeschlossen – o diese guten Manieren! – an ihm vorüber, als an dem Fremden. Gewiß hatten sie über das Theater geredet, über diese unglückliche alte Madame und über ihn. Sicherlich über ihn. Und hatten ihre Witze gerissen und fühlten nun Mitleid mit ihm und schwiegen darum. O daß einer es gewagt und ein Wort hätte laut werden lassen! Er war gerade in der Stimmung, sich heute einen ungebetenen Zwischenrufer auszuleihen, auch ohne Stock, bloß mit beiden Fäusten. Aber nein, diese Kanaillen waren taktvoll. Sie gingen in ihren weißen Sommerschuhen wie auf Filzsohlen vorüber, und die Schmachtende warf ihm nicht einmal einen Blick zu. Das war übrigens ein feiner Zug, auch dieses Ausweichen des Blickes war ja gerade auf ihn gemünzt, also mehr als ein Blick. Lautlos, wie die Puppen in einem Marionettenspiel, zog die Gesellschaft an ihm vorüber und verschwand hinter den Fichten und Sträuchern vor dem Hotel. Gleich nachdem sie durch diese Kulisse verborgen und von ihm getrennt waren, begannen sie wieder zu lachen, zu schwatzen, er unterschied deutlich die Stimmen. Da gähnte die langweilige des schlanken, eleganten Kavaliers, der neben der Schmachtenden ging, die kurze, behaglich muntere des dicken Barons Bühl rief darein, er kannte ihn, das war der Herr dieser Gegend, der das schöne alte Schloß und Gut besaß und den jeder gleich schätzte, der hierher kam. Dann hörte er mehrere Mädchenstimmen, belanglose, die so lachten, als stiegen sie in ein kaltes Bad. Jetzt mußte die Schmachtende etwas gesagt haben. Das war ihre Stimme, ein gurrender Taubenton, aus diesem vollen, schönen Busen, fast aus dem Herzen, aber da sie vielleicht keines hatte, wenigstens kein moralisches Herz, wenn man so sagen darf, so kam der

Ton von etwas höher oben, zwischen Hals und Brust. Ingomar hätte die Stelle mit dem Finger bezeichnen können, woher sie diesen Ton ihrer gurrenden Stimme zog. Ja, das hätte er können. Übrigens nahm er sich vor, diese Prüfung nachzuholen, wenn es einmal so weit war. Aber kam es so weit? Was bedeutete dieser Spaziergang mit Gesellschaft am Seeufer? War das ihre Art, seiner Aufforderung zu entsprechen? Wollte sie ihn so zum Narren haben, just indem sie ihm gehorchte, aber nur halb? Bei einem solchen holden, sanften, schweigsamen und immerhin tausendfach bewachten Gurrekind war nicht ein Schrittchen, nicht ein Wörtchen, nicht ein Lächeln, nicht ein Schmachten und Vorüberwandeln, Stehenbleiben, Sichumschauen oder Sichnichtumschauen ohne feinere Absicht, ohne tiefere Bedeutung. Darum auch nichts, das nicht ihm galt, nicht auf ihn gemünzt war, denn wenn ein Frauenzimmer unter Tausenden den einen spürt, der es auf sie abgesehen hat, so spürt der es gewiß unter Tausenden in Stockfinsternis und Wüste, wie und wann sie ihm antwortet. Denn alles ist Antwort, was sie tut und unterläßt. So kam die Schmachtende entweder in Gesellschaft hierher, weil sie anders überhaupt nicht hätte kommen können, oder sie ging so stumm vorüber, um später allein wieder zu erscheinen, damit er sich bis dahin gedulde und wenigstens vorläufig einen Schimmer von ihr habe und behalte. Geduld, liebes Herz!

Er ging langsam den Verschwundenen nach und sah, wie es seiner erprobten Gewohnheit entsprach, zu Boden. Da lag weißer Sand. Halt! Unmittelbar vor dem Föhrenwäldchen, durch dessen Stämme die Lichter des Hotels schimmerten, hob sich etwas kleines vom lichten Kies ab. Er bückte sich danach. Hoho! Ein weißer, seidener Handschuh, ein langer, der bis zu den Ellenbogen reichte, mit halben Fingern, leicht gewebt wie aus Spinnfäden und – er führte ihn zum Munde – wohlriechend, nach ganz fernem, leisem, unbestimmtem Parfüm und nach einer holden, leicht gebräunten kühlen Haut. Sie hatte ihn verloren. Natürlich sie! Konnte er sich nicht erinnern, ob sie heute im Theater solche Handschuhe getragen hatte? Das war zu viel verlangt, daß er sich diese Einzelheit ihrer Kleidung hätte merken sollen, aber es war nicht anders möglich. Es paßte zu ihr, die Form, das leichte, hohle, seidene Gewebe mit den dünnen Maschen, der Atem fernen Wohlgeruchs wie aus fremdem Morgenland und des nahen kühlen, gebadeten Arms, der gebräunten Haut.

Gewiß, sie hatte den Handschuh verloren. Verloren? Mehr, sie hatte ihn verlieren wollen! Für ihn! Als Zeichen und Gewähr, als Wink und Antwort, als Bestellung und Abrede. Sein Herz klopfte. Trotzdem das Herz in solchen Angelegenheiten zuletzt gehört werden sollte, machte es sich doch zuerst vernehmbar, und wohl nur, weil es immer klopft, glaubt man, jede Liebschaft poche an dieser Tür, und man spricht vom Herzen, wenn alles andere mitbeschäftigt bleibt. Er liebte mit den Sinnen, mit den Augen, die in der Nacht so viel, mehr noch sahen als am Tage, mit dem Geruch, der die Herkunft des Duftes eines Handschuhes erkannte, mit dem Gedächtnis, das sich jede Linie eines Körpers, einer Gehenden, Verweilenden merkte, mit den Händen, mit den Ohren, die das Taubengurren einer Stimme aus vielen gleichgültigen auf die richtige Stelle bezogen, von der es kam. Er liebte aber auch mit dem Verstande und wollte daher überlegen, was mit diesem Zeichen gemeint war. Sie hatte den Handschuh im Weitergehen verloren, nein besser: fallen lassen. Also mußte, nein sollte er ihr nachkommen, um ihn zu finden. Und dann? Dann, eben in ihrer Nähe warten. Auf sie, oder auf ein neues Zeichen. Er schlich daher durch das kleine Gehölz weiter, bis er an der Seeseite des Hotels, außerhalb der Terrasse ankam. Das mehrstöckige Haus sah mit vielen dunkeln, vielen hellerleuchteten Fenstern herab auf ihn. Er stand auf dem großen Platz vor der Terrasse allein. Die Terrasse war leer. Die Abende am Ufer waren jetzt schon den verwöhnten Leuten zu kühl, darum saßen sie alle im Saal oder in der geschlossenen Glasveranda. Nur ein paar elektrische Lampen brannten kühl über den leeren, weißen Tischen. Er überlegte, ob er sich hier vielleicht niederlassen sollte. Er allein mußte wohl auffallen, besonders, wenn er nach Bedienung rief und mehrere Kellner durch Bestellung in Atem hielt, in Bewegung setzte und zwang, durch Saal und Veranda hier hinaus zu laufen, Bier, Essen zu bringen, Tisch zu decken, Besteck zu holen und so fort. Er konnte die Burschen mit vielen Gängen in Atem halten, es kam nur auf seinen guten Willen und auf die Ausgaben an, die er sich eben leisten wollte.

Das hatte er denn doch noch in seiner Macht, daß ihn Kellner bedienen mußten, wie sie diese höfliche isolierte Schwefelbande da drinnen bedienten. Vor dem Gesindel brauchte er keineswegs zurückzustehen, es war alles nur eine Geldfrage. Aber wozu solche

Depensen? Geduld! Überlegung! Vorsicht! Es handelte sich ja nur darum, wie er am besten für das Beste bereit blieb. Er mußte ganz still und geduldig warten, ob und wie sie sich am Ende neuerlich bemerkbar machte. So stand er auf dem Platze vor den vielen Fenstern und unterlag der Versuchung nicht, ein feines Abendessen auf der Terrasse und mit vielem Hin und Her der Kellner herauszufordern, vielmehr stand er still da und wartete, indem er bloß eine Zigarette um die andere rauchte und ihre glimmenden Augen durch die Dunkelheit funkeln ließ, oben standen und funkelten die Sterne gleich geduldig. Eine Stunde oder mehr. Er hatte Zeit genug. Er war auch das Stehen gewohnt. Hier und da pfiff er etwas vor sich hin. Es möchte sein, daß man ein Zeichen benötigte. Aber das ließ er dann wieder, es war vergeblich, solange drin Klavier gespielt, getanzt, gegessen wurde, solange Teller klapperten und elegante Tiere auf nichts anderes aufmerksam waren als auf ihren Hunger. Aber auch das fand ein Ende. Er konnte sehen, wie die Glasveranda allmählich leer wurde. Auch der Speisesaal wurde leer, das Klavier verstummte. Er sah die Kellner die Tische abräumen. Die Hotelgäste gingen wohl zu Bett. Es schlug zehn Uhr. Im Saal, in der Veranda ließ man nur mehr für etwaige Nachzügler eine und die andere Glühlampe brennen, die übrigen drehte man ab. Auf der Terrasse brannte gar keine mehr. Jetzt war die Zeit günstiger. Jetzt erhellten sich die Zimmerfenster in allen Stockwerken, jetzt gingen die Herrschaften schlafen. Er glaubte, sogar die betreffenden Geräusche zu hören, Wassergüsse in Waschbecken, Türzuschlagen auf den Gängen, vereinzelte Klingelzeichen oben, unten, einmal dem Zimmerkellner, zweimal dem Stubenmädchen, dreimal dem Hausknecht, jetzt rechts, jetzt links, jetzt oben, jetzt unten, die letzten Schlachtrufe eines mühseligen Hoteltages. Dann ward alles mählich ruhig. Der Koloß legte sich in seiner ganzen Masse hin und schwieg, die Lichter in den Fenstern erloschen allmählich. Welches war das ihrige? Denn jetzt war es immerhin Zeit. Es schlug elf. Er pfiff jetzt: hojotohoh, nicht allzulaut, aber immerhin vernehmbar. Im zweiten Stock öffnete sich daraufhin – gewiß – eine Scheibe, klirrte leicht, er sah hinauf. Ein Arm streckte sich aus und warf etwas hinunter, schloß dann das Fenster. Es war das sechste von der Ecke nach rechts gezählt. Er suchte den Gegenstand. Diesmal hatte er schwerer suchen, denn das Ding mußte in den Schatten des Baues auf den Boden gefallen sein. Er maß die voraussichtliche

Entfernung ab. Er spürte mit dem Fuße. Er stieß endlich auf etwas kleines Raschelndes und hob eine halb verwelkte Rose auf, mit geknicktem Stengel. Das war ja seine Maréchal Niel, er stach sich noch leicht an einem ihrer Dornen. Nachdenklich steckte er diese welke Botschaft an seinen Jägerhut und ging um die Ecke nach dem Hoteleingang auf der Straßenseite. Hier war noch Licht in einem Zimmer, dem sogenannten »Touristenstüberl!« oder der »Schwemme«, wo die minder zahlungsfähigen Wanderer für geringes Geld abgespeist wurden. An einer Ecke saßen denn auch – er schaute von der Straße hinein – ein paar abgerackerte, von der freiwilligen Anstrengung hergenommene, in alle standesgemäße Verlumptheit, als in das Adelsgewand des Bergsports vermummte sogenannte Naturschwärmer und Fexen, deren Bergstöcke an der Ecke lehnten. An der andern aber machte sich an einer Holzbank vor einem großen gebohnten braunen Tische das Hotelpersonal breit, Garçons in schwarzen Fräcken, Schankburschen, Kellnerinnen, und verzehrten ihr verspätetes aufgewärmtes Nachtmahl, das braune Bier stand in den hohen Gläsern ganz verlockend mit hohen, weißen Borten. Wie wär's, wenn er eintrat und sich einen Schluck vergönnte? Vielleicht war von den Leutchen etwas zu erfahren? Man mußte sie nur richtig zu nehmen wissen und mit ihnen freundlich sein, ohne sie sich zu nahe kommen zu lassen. Auch ein Jäger mit zwei schönen Dobermannhunden zu Füßen saß bei den Schmausenden und rauchte langsam Zug um Zug aus einem Weichselrohr mit einem buntbemalten, geschmacklosen Porzellankopfe.

Als Ingomar eintrat, rührte sich niemand zum Empfange. Es war wohl schon zu spät für Höflichkeiten und Komplimente, am spätesten hier in der »Schwemme«. Er sah sich um, nahm sein Hütel ab, suchte einen Platz und näherte sich endlich mit einer leichten, zugleich freundlichen und den Abstand sichernden Verbeugung der Tafelrunde der dienenden Geister, um Erlaubnis bittend, den freien Stuhl neben dem Herrn Förster einnehmen zu dürfen. Der weltkundige Herr »Ober« erkannte sogleich die Zugehörigkeit des Herrn, begrüßte ihn als vom Theater, fragte nach den näheren Umständen, die übrigen, besonders die Kellnerinnen zeigten sich lebhaft interessiert, durch die Nähe eines »Künstlers« geschmeichelt. Der Pikkolo brachte ihm devot schmunzelnd Bier, Ingomar tat allen herablassend Bescheid, er fühlte sich ganz wohl, er beantwortete mit Offenheit und einiger Übertreibung die Fragen nach woher und wohin und wieviel. Er ließ einige Andeutungen über Affären fallen, Intrigen, die seinem Engagement an einem Hoftheater in X – der Name tat nichts zur Sache – ein vorzeitiges Ende bereitet hatten. Im Hintergrunde der Geschichte, die aus lauter Andeutungen zu erraten war, stand eine schöne Frau natürlich, die sich für ihn begeistert hatte, im Vordergrunde ein gewisser sogenannter erster Liebhaber, ein im Dienst ergrauter Affe, der mit einer hohen Persönlichkeit vertraut, es durchzusetzen gewußt hatte, daß er, der keinen Fürsprecher hatte als sein Talent – oder sagte Ingomar: Genie? – kurz und gut hinausgeekelt wurde. Die Geschichte hatte sich vielleicht einmal irgendwo mit irgendwem zutragen können. Vielleicht lagen ihr auch gewisse ähnliche, sagenhafte vergangene Begebenheiten der eigenen Künstlerlaufbahn Ingomars zugrunde. Jedenfalls paßte sie sehr gut in diese Situation, und Ingomar stattete sie mit allen sorgfältig beobachteten Zügen aus. Er glaubte sie sogar selbst. War sie denn unwahrscheinlich? Wenn sie ihm nicht passiert wäre, das wäre unwahrscheinlich gewesen. Ergo! – Ecco! – Übrigens verlangten die Leutchen hier ja solche Geschichten von ihm, Unterhaltung, nicht Tatsachen. So war er hier, nur zur Erholung, zum Ausspannen und über den Sommer, zum Spaß, damit er nicht aus der Übung kam. Für den Winter war er schon versorgt. Übrigens hielt ihn hier – er lächelt fein – noch etwas anderes zurück, eine besondere Sache, nicht der Rede wert. Der Oberkellner blinzelte: er verstand. Was das betrifft, so war dem Herrn »Ober« nichts unglaublich. Diese reichen Frauenzimmer haben den tollsten Geschmack, sie fliegen auf solche dunkle Abenteuer wie die Mücken ins Licht. Ja – Ingomar zog ihn beiseite – er hätte sich schon längst vorgenommen, sich bei dem Herrn Generalober zu erkundigen – er erfand diesen schmeichelhaften Titel, der immerhin besser wirken mußte als ein Trinkgeld – wer denn eine gewisse Dame eigentlich sei. Er beschrieb sie: eine Schmachtende mit schlanker, aber voller Gestalt, mit langem, glattem, schwarzem Haar, gebräuntem Teint, mit mandelförmig geschlitzten Augen, mit einem dunkelblauen Matrosenkleid und gelbem Kragen, in Begleitung eines alten Herrn, der gichtbrüchig am Stocke trotte und boshaft rede. Ingomar ahmte Stimme und Gangart so lebhaft und natürlich nach, daß alle zu lachen begannen und eine Ahnung bekamen, was ein Schauspieler für ein Kerl und wozu er gut sei. Der »Generalober« gab alle wünschenswerte Auskunft:

steinreich, launenhaft, viele Anbeter, keinen aber, »auf den sie fliegt«, bald traurig, bald leidenschaftlich, ungemein gesund, mehr als lieb: Rasse, das heißt nächtelang tanzen, tagelang bergsteigen, stundenlang schwimmen, ein Probestück für einen Verliebten. Habe sie vielleicht dem Herrn eine »Avance« gemacht? Er lächelte bedeutungsvoll. Ingomar gab es zurück, mit einem Finger am Munde. Davon spricht man nicht. Wo ging sie denn gewöhnlich spazieren und wann? Der »Generalober« unterrichtete ihn über eine sogenannte »Seufzerallee«, die eine schmale Landzunge mit hohen alten Linden einsäume und am Ende des Örtchens, den Mauerresten, der einstigen Befestigung entlang, eine Viertelstunde weit hinzöge. Dorthin pflege man nach dem Frühstück zu spazieren bis zur Badezeit, wenn man nicht gerade eine weitere Landpartie, eine Bergbesteigung oder Wasserfahrt vorhabe. »Viel Glück, aber auch viel Geld!« nickte er. Ingomar lehnte sich breitspurig in seinem Stuhle hintenüber, der nur mehr auf den Hinterbeinen stand. Oh, was das betraf! – Man nahm von ihm gar keine Zeche an. Er war Gast bei den freundlichen Gönnern, er lud sie zum Dank dafür zu seinem Benefiz ein, das für morgen angesetzt war. Er versprach ihnen allen Freikarten.

Ja, das wäre schön und gut, wenn sie nur Zeit hätten, aber diese Sommergäste! Immerhin, einige würden sich schon freimachen können. Das Benefiz trüge wohl etwas ein! Ja, ja, das tat es immerhin, eine Kleinigkeit, auch die Sommergage überhaupt, für ihn freilich nur eben das Zigarettengeld, eine Bagatelle, die man gewissermaßen so mitnehme, um den andern armen Teufeln nicht das Brot zu verekeln. Da sei Gott vor, daß er auf solchen Bettel anstünde. Sein Alter müsse schon das Weitere berappen. Er sei ganz gut bei Kasse. Das konnten sie ihm glauben. Dabei streichelte er den einen jungen Dobermannhund, der sich merkwürdig zutraulich gerade zu ihm verhielt. Ingomar fragte den Jäger, der schweigsam rauchend dabeisaß, um auch ihn zu erobern und in den Machtkreis seiner Wirkung einzubeziehen, nach dem Stammbaum des Tieres und nach dessen Kenntnissen, nach dem Rollenfach. Oh, das war ein ganz geschultes, weises Tier, auf Polizeihund gedrillt, fähig, einem Übeltäter nach dem Geruch zu folgen und ihn entweder zu verbellen und mit den Zähnen festzuhalten oder nach besonderer Anweisung und in aller Ruhe zu begleiten, zu stellen und etwas Bestimmtes abzuliefern oder abzuholen, je nachdem. »Nicht möglich!« Der Jäger beteuerte brummend die Verdienste seines Tieres, dessen Bruder nebenan wieder als Jagdgenosse seinesgleichen suche. Ingomar wollte wetten, der gepriesene Dobermann sei nicht fähig, mit einem gewissen Gegenstand dessen Eigentümer aufzusuchen und diesem das Ding ruhig zurückzugeben. Der Förster hielt jede Wette. Nun, sei ihm denn etwa der Hund feil? »Nichts für Sie, lieber Heer!« »Zu teuer?« Nun, für den Gast wolle er schon einen billigen Preis machen, wenn er den Hund durchaus hergeben solle, denn das müsse er, weil er für allzuviele Hunde keine Verwendung habe. Daheim besitze er überdies noch einen Dackel; den »Vorsteherbruder« hier, dessen Mutter, eine gleichgute Jägerin auch, darum habe er den Dobermann als Polizeihund abgerichtet, um ihn eben würdig zu verkaufen. »Wieviel?« drängte Ingomar.

Nun, hundert Kronen, weil es Ingomar sei, einem Protzen von den Sommergästen hätte er ihn nicht für zweihundert Kronen hergegeben. Ingomar überzählte im stillen seine Barschaft, mehr als zweihundert Kronen besaß er auf keinen Fall, aber er überschlug die Summe nur mit einem Gedanken, dann lachte er: »Gut, Menschenskind! Gemacht! Götterfreund! Her damit!« Ob er ihn aber auch anständig halten, füttern, pflegen könne, damit es der Kerl gut habe. »Seh' ich denn wie ein Seelenverderber aus, solange ich einen Bissen habe, will ich ihn mit dem Treuesten der Treuen teilen! Wie heißt er übrigens?« »Hektor.« »Na, Hektor, willst du zu mir? Nun sprich! Was meinst du zu mir, wollen wir zusammenhalten?« Das schöne Tier blickte ihn mit den klugen braunen Augen freundlich an, wedelte leicht und legte sich auf das Gebot des Försters sogleich dem neuen »Herrl« gehorsam zu Füßen. Ingomar entnahm seiner zierlichen Brieftasche – er hielt große Stücke auf alles notwendige Zubehör und Zeugnis besseren Lebenswandels – eine Banknote, nicht ohne die zweite und die wenigen übrigen Lappen zu verbergen. Seine weitherzige Raschheit machte auf die Gesellschaft merkbaren Eindruck, und er empfahl sich dann wie ein großer Herr, leutselig und besser geachtet als vordem. – Das Herz ging einem auf, wenn ein solcher Tausendsassa herkam und seine Windbeuteleien ausstreute.

Ja, war denn alles nicht wahr und richtig? fragte mit treuherzigem Gesicht das demütige Stubenmädchen, das vom Ort stammte und nur hotelmäßig angetan, aber nicht welterfahren war.

Nicht ein Wort war wahr. Das könnte sie sich doch denken. Der arme Teufel brauchte vielleicht morgen schon eine sanfte Unterstützung. Wer weiß, ob er sie nicht gelegentlich anpumpen würde. Aber das mache nicht viel aus, interessant seien diese Herrschaften vom Theater alle, einer wie der andere. Man müsse sie selbst ebensowenig glauben, wie ihre Stücke und Figuren. Dann aber unterhalte man sich recht gut mit ihnen. Die wirklichen Leute sonst seien ja auch nicht wahrhafter, sondern nur dümmer und hinterhältiger. Und sie machten einander und dem Dienstpersonal noch ganz andere Sachen vor, und was sie verrieten, indem sie sich etwa gehen ließen, sei noch viel weniger harmlos, als die Faseleien des munteren Bruders da und wahrlich viel weniger hübsch vorgebracht. Aber die Geschichte mit der Schmachtenden, nach der er sich erkundigt habe? Der Generalober wiegte den Kopf. Da sei er sich nicht ganz klar. Vielleicht bloße Renommage, vielleicht Einbildung! Vielleicht gebe es ein Körnchen Wahrheit dabei. Wenn einer von einer Spukgeschichte erzähle, die sich bei Mondenschein in einer Sommernacht zugetragen habe, können der Mond und die Nacht und die Jahreszeit immerhin wahr gewesen sein. Das übrige – wer weiß? Haben diese Hotelgäste nicht auch ganz gemeine und ganz hochfliegende abenteuerliche Grundsätze, Launen, Stimmungen? Auch er könnte Geschichten erzählen aus jüngeren Jahren, wo er noch freiwilliger und munterer war, wo ihm der Beruf noch eine Herzenssache war. Weiß denn einer, wozu ein solches verwöhntes, verdorbenes Geschöpf einmal Lust bekam, warum sollte sie es nicht darauf abgesehen haben, einem Komödianten den Kopf zu verdrehen oder ihn zu benützen, um einem andern einen Possen zu spielen, oder um wen zu reizen und zu ärgern oder um sich einen guten Tag oder eine gute Nacht zu machen, eine richtige Bewegung? Er lachte unverschämt und zeigte seine Goldplomben. Die kleine Kellnerin errötete. Sie glaubte doch wohl nicht, daß die reichen Leute etwa anständiger seien als die armen, und daß ein sogenanntes Fräulein aus feinstem Hause weniger ausgepicht sei als ein einfältiges Hotelstubenmädchen. Wenn man gewisse Dinge selbst begehe, sei man doch wohl erfahrener, als wenn man ihnen nur zuschaue.

Was die Unschuld betreffe, sei sie gewiß noch eher vom Lande als von der Stadt. Auf diese Art wurde noch einiges philosophiert, bevor der Chorus nach dem abwesenden Helden abschloß.

Am nächsten Morgen schlenderte Ingomar mit seinem Hunde zu jener Landzunge hinaus, die ihm vom Oberkellner bezeichnet worden war. Wie ein stählerner Spiegel glänzte die Fläche des sonnigen Sees durch die dunklen Stämme der Linden, welche in einer geraden Paarreihe hinliefen. Hier und da standen weiße Bänke und schimmerten freudig im feuchten Morgenlicht. Der blaue Himmel, das helle Grün der Linden wirkten wie frischgewaschen. Die Luft war warm und gewissermaßen im Kerne leicht gekühlt, so angenehm strich sie um das Gesicht beim Gehen. In der Ferne sah man das andere Ufer des Sees, die Landzunge teilte ihn hier an seiner schmalsten Stelle in Hälften. Drüben lagen schön hingestreckte Berge voll Duft. Kinder bewegten sich mit Reifen und Wägelchen, mit jungen Bonnen, alten Kindsfrauen und mit lichtgekleideten Mamas durch diese natürlichste Spielbahn. Auf den Bänken saßen Fräulein mit Büchern und lasen, leicht gekleidet in hübschen Morgengewändern, mit ganz sauber frisierten Köpfen, die selbst so frisch gewaschen waren wie die Gegend. Ältere Damen in loseren Jacken nähten was oder unterhielten sich, hier und da war auch ein Herr dabei, meist bequemeren Alters mit ehrbarem Stock, denn die jüngeren Jahrgänge radelten wohl oder segelten oder waren auf ernsthafteren Wegen über Land. Ingomar schlenderte durch diese Morgenszenerie und blickte genau nach der Erwarteten. Sie ließ auf sich warten. Sie kam gewiß nicht allein. Junge Damen treten auf Promenaden immer rudelweise auf, auch wußte sie ja nicht, daß er hierherkam und sie suchte. Er setzte sich auf den Sand an der Spitze der Landzunge, zu Füßen des kleinen Wartturmes, der dort, ziemlich verfallen, mit einer morschen Holzstiege versehen war, damit man von seiner Spitze nach allen Seeseiten ausspähen konnte. Vielleicht kam sie hierher. Hektor lag neben ihm und genoß behaglich der vollen Sonne. Ingomar saß mit eingezogenen Knien, rauchend und gedankenlos oder in Gedanken, wie man will, und spähte auf die weißen Segel, die auf der Fläche des Wassers ruhten wie Falter. Es ging kein Wind, darum bewegten sie sich gar nicht. Das Wasser war nur ganz leicht gestreift und gefurcht von oberflächlich kreiselnden Wellenringen und schlug mit gleichem, sachtem, gluckendem Tonfall zufrieden ungefährlich an die Ufer. Ein altes Flachboot, an einen Pfahl gebunden, schaukelte gelassen auf und nieder. Ein gutes, sommerliches Nichtstun streckte sich wohlig allenthalben

aus, indes oben am blauen Himmel ganz leise Feder- und Faser-
wölkchen zerzupft waren. Ob es hier wohl Stürme gab?

Er wollte den Hund jetzt auf Intelligenz und Schulung prüfen. Er
erzählte ihm alles Wissenswerte über die erwartete Dame. Hektor
saß aufmerksam da und schien treulich zuzuhören. Wenn sein Maul
sich gelegentlich zu einem mächtigen Gähnen öffnete und das lange
Gehänge dazu hin und herpendelte, war es gewiß nicht Langeweile,
sondern nur eben Hundegewohnheit. Dem unschuldig ehrbaren
Freunde mangelte jede taktlose Absicht, man konnte sich gewiß auf
seine Bereitwilligkeit verlassen. Der würde ihn nicht schadenfroh
ansehen, wenn ihm eine Sache vorbeigelänge. Also er beschrieb ihm
die Dame, aber kurz, denn er nahm auf die Sprachfremdheit des
Kameraden Rücksicht. Immerhin versuchte er auf dessen Instinkt
einzuwirken. Er hielt ihm den Handschuh hin, den seidenen. Hektor blinzelte das ungenießbare Stück gleichgültig an. War es etwa
zum Essen? Nein! Nun also. Aber da Ingomar es ihm immer wieder
vor die Nase hielt, schnupperte er daran, um dem unbegreiflichen
Herrn eben Genüge zu tun. Dazu hatte man ja Hunde. Dann hielt
ihm der Herr ein kleines, vielgefaltetes Stückchen Papier hin, so
lange, bis Hektor auch das durch die Nase gewürdigt hatte. Was
darin stand, konnte ihm ja gleichgültig sein. Hektor schnappte nach
Fliegen, gelegentlich wälzte er auch seine feuchte, lackschwarze
Schnauze im Grase. Dann tat Ingomar das bewußte Stück zusam-
mengefalteten Papiers in den Handschuh. Damit es nicht herausfal-
le, schob er es in die Mitte hinein und band dann das Gewebe wie
ein Stück Schnur lose zusammen. Schändlich, einen Handschuh so
zu verziehen und ein so zartes Andenken so grob zu verknoten.
Aber es blieb ja nichts anderes übrig. Wiederum wehte er damit
dem Hunde unzählige Male an der Schnauze vorbei. Die Sonne
stand schon hoch am Himmel, es war bald Badezeit, als sich am
Eingange der Allee eine Gesellschaft von lichten Röcken, Blusen,
Schirmen zeigte. Auch ein paar Herren waren dabei, man sah Tennisschläger, Spazierstöcke, weiße Schuhe. Jetzt sollte es sich zeigen.
Hektor wurde aufgefordert, den Handschuh zu nehmen und die
Dame zu suchen. Der Hund erhob sich langsam, streckte zuerst
gewaltig die Vorderbeine und Hinterbeine, so daß sich sein Körper
gut um die Hälfte seiner Länge auszog. Das war sein Einspruch
gegen den mißlichen Botenweg. Aber er nahm den Handschuh mit

dem eingewickelten Briefchen immerhin ins Maul und trabte fort. Ob er das Pfand nicht etwa verlor und fallen ließ? Ingomar bedrohte ihn mit gewaltigen Strafen für diese etwaige Untat. Hektor achtete gar nicht mehr auf die Warnungen und Ermunterungen, die sein Herr ihm nachrief, sondern lief bis zum Anfang der Lindenallee, so schief nach der Rechten geneigt, wie ein nachdenklich überlegender und geduldiger Hund. Ingomar spähte ihm, die Hand über den scharfen, vorm Licht geschützten Augen nach. Jetzt war der Bote bei dem Haufen von Sonnenschirmen, lichten Röcken, Blusen, weißen Schuhen und Tennisschlägern. Er mischte sich unter die Leute. Er machte sich bei ihnen zu schaffen. Er blieb auch dort. Ha! Der Elende fing eine Annäherung mit einem Bulldogg an, der zu der Gesellschaft gehörte. Wenn er nur den Handschuh nicht verlor, wenn er nur nichts Despektierliches damit anstellte oder anstellen ließ. Die beiden Hunde, der weiße und der graubraune, jagten umeinander her und trieben in einem gewissen Kreise um die Gesellschaft ständig weiter, so veranlaßten sie die Röcke, Blusen, Sonnenschirme, sich etwas besser vorwärts zu bewegen. Alles spielte sich in den zivilen Formen des Hundelebens ab, ohne Lärm und Bellen, ohne offene Feindseligkeiten, besonders weil sich kein Mensch in ihren Verkehr mischte, weil niemand sie hetzte oder voneinander wegzuscheuchen suchte. Wenn nur dem Handschuh nichts passiert. Wenn dieser Hektor ihn nur richtig anbrachte. Er lief immer im Kreise um diese Herde, die er zu leiten schien. Endlich kamen allesamt näher. Die Schmachtende ging Arm in Arm mit der kleinen Braunen, die so munter lachte, wie eine Fünfzehnjährige, indessen ein junger Herr mit bartlosem und fadem Gesicht ihnen irgend etwas erzählte, das er ihnen für sehr komisch einzureden suchte, denn er lachte unaufhörlich, während die beiden Mädchen ernst blieben. Hektor hielt sich jetzt an der Seite der Schmachtenden, ja er trabte so dicht neben ihr, daß man hätte glauben können, er gehöre zu ihr. Die Gesellschaft ließ sich auf einer Bank nieder. Man mußte Ingomar von dort ebenso genau sehen, wie er die Herrschaften ausnahm. Die Schmachtende saß, die übrigen umstanden sie, und nach einer Weile nahm die kleine Braune, dann der junge Mann Platz. Die andern machten kehrt und spazierten noch einmal auf und ab. Hektor ließ sich neben der Schmachtenden nieder, ganz als gehörte er zu ihr. Er hatte richtig noch den Handschuh im Maul. Das Fräulein streichelte ihn. Er sah zu ihr empor, das intelligente

Vieh! Jetzt kam der Augenblick. Die kleine Braune schien den Handschuh zuerst zu bemerken, wenigstens machte sie die Schwarze darauf aufmerksam; der Herr lachte und tat so, als wollte er den Handschuh an sich bringen. Die Schmachtende nahm ihn aber rasch aus dem Maul des Tieres. Jetzt mußte sie sich entscheiden. Hatte sie das Papier darin gespürt? Sie warf den Handschuh wie einen Fetzen weit weg. Hektor stürzte darauf zu, faßte den armseligen Rest eines Gewebes, das nach fernem Morgenland, nach kühler, gebadeter, bräunlicher Haut geduftet hatte und nun im Staube lag, und brachte ihn der Dame im Triumph zurück. Ärgerlich hielt sie den Handschuh einige Sekunden lang, dann ließ sie ihn einfach fallen und auf dem Boden liegen bleiben. Sie schien Ingomar nicht zu bemerken. Wenigstens blickte sie nicht ein einziges Mal nach ihm, der doch sowohl malerisch als schicklich, mit eingezogenen Knien und zurückgebeugtem Kopfe, ohne Hut, mit zurückgeschlagenem weißem Hemdkragen dasaß und darauf wartete, bemerkt zu werden. Das war ja gerade das Richtige, sie bemerkte ihn, indem sie ihn ignorierte. Hektor war es müde, tatenlos neben der fremden Person zu bleiben. Seine Dienste wurden jedenfalls hier nicht mehr benötigt. Er machte sich Bewegung, indem er langsam, sich schüttelnd, aufstand und das entferntere Rudel Sonnenschirme, weiße Schuhe, lichte Röcke und Blusen besuchte, indem er es wieder mit dem weißen Bulldogg in achtbar weiten Kreisen umlief und zu besserer Bewegung veranlaßte. Das ging so eine hübsche Weile hin und her, bis Hektor wieder vor der Bank haltmachte und zu Füßen der Schmachtenden Platz nahm. Jetzt streichelte sie ihn aber nicht mehr. Ingomar hielt es für angebracht, aller Welt zu zeigen, daß er der Herr des Hundes war. Darum tat er einen leisen Pfiff, worauf Hektor die Ohren spitzte und überlegte, ob er gleich folgen müsse. Er schien es für richtiger zu halten, eine deutliche nochmalige Willensäußerung seines Herrn abzuwarten, daher wedelte er ein bißchen herausfordernd und sprang erst auf die Beine, als Ingomar ein zweites Mal lauter und mit einem deutlichen Ton von Drohung pfiff. Hektor blickte noch einmal kurz auf die Dame, ob sie dazu vielleicht etwas zu bemerken habe, sie sehe ja, daß ihn andere Pflichten riefen und müsse ihn entschuldigen, damit lief er dann – er hätte es etwas rascher tun können – Ingomar zu.

Was nun? Nichts! Warten? Warum sollte er denn immer sein Gehirn anstrengen, um etwas Neues herauszukriegen? Wenn der Dame dort an ihm lag, sollte sie auch einmal zeigen, was ihr einfiele. Er war müde, die Sonne brannte, seine Stellung mit den eingezogenen Beinen behagte ihm nicht mehr. Er lehnte sich leichter an die Grasböschung, die zum Wartturm anstieg. Er lehnte und wartete so, während Hektor gemächlich kauerte und die Wärme ohne galante Wünsche auf sein Fell wirken ließ. Ingomar mußte sogar ein bißchen geschlummert haben, denn als er nochmals aufsah, saß niemand mehr auf der nächsten Bank, und am Ausgange der Allee bewegte sich das Rudel Sonnenschirme, weiße Röcke, Tennisschläger und lichte Schuhe fort, nach dem Bade. Das gab Ingomar einen Ruck. Er sprang auf, Hektor zuckte vor willkommener Bewegung. Beide schüttelten sich und gingen. »Such'! Such'!« befahl der Herr. Hektor verstand, was gemeint war, und brachte richtig den zerknüllten, verstaubten Handschuh zurück. Aber das Stückchen Papier war nicht mehr darin, auch nicht mehr bei der Bank zu finden. Sie hatte es also bei Gelegenheit herausgenommen. Gewiß war es gelesen. Merkwürdig nur, daß der Handschuh wieder zugebunden und zu einem Knäuel verkleinert war, wie vordem.

Ingomar eilte wieder vor das Bad, aber die Schmachtende fehlte. Bei allen Göttern, wo war sie? Was bedeutete das an seinem heutigen Benefiz? Sie fehlte. Kam sie nicht endlich zögernd hervor? Er hatte ihr wieder eine Rose gekauft und hielt sie verlegen zwischen seinen Fingern. Er hatte einen zweiten Brief bereit, den er ihr mit der Blume überreichen wollte. Wie brachte er den jetzt an die richtige Adresse? Heute am Tage seines Benefizes war Ingomar über dieses Ausbleiben sehr beunruhigt, heute mußte sich irgend etwas Besonderes ereignen. Daß sie fehlte, war das Besondere. Das Haus war ausverkauft. Er hatte eine gute Einnahme zu erwarten. Die Überackerin strahlte. Sie spielte die Millerin gar zu gern. Ingomar beschloß, sich im Hotel nach der Schmachtenden zu erkundigen. Was war sein Auftreten heute ohne sie? Vor dem Eingang sah er einen Mietwagen ganz bepackt, die Schmachtende mit ihrem Onkel nahm gerade von allen Leuten bewegten Abschied, die Damen überreichten ihr Blumen, die Herren machten ihr zum letzten Male den Hof, sie trug ein graues Reisekleid, auf dem schmalen Strohhut einen blauen wehenden Schleier, den sie später wohl um den Hals zuband. Der Onkel lehnte bequem im Rücksitz. Sie machte sich noch mit den Koffern zu tun. Endlich zogen die Pferde an, sie winkte mit beiden Händen und nickte. Heute geschah das! Heute zu seinem Benefiz! Ingomar stand wie versteinert. Er zog endlich tief seinen Jägerhut, da winkte sie auch ihm und ganz deutlich ihm, lächelte, ja sie ergriff eine Rose aus einem Strauß und warf sie ihm zu. Diese Verwünschte! Jetzt konnte sie ihm ein Zeichen geben, jetzt verstand sie es, jetzt, wo es zu spät war, jetzt rief sie ihn, jetzt sollte er ihr folgen! Heute? Zu seinem Benefiz? Wo er auf diese Einnahme wartete, wo er infolge des Hundekaufes – Hektor stand neben ihm und wedelte unschuldig – kaum mehr für ein paar Tage zu leben hatte. Was tat's! Ihr nach! Wohin fuhr sie? Er zog das Stubenmädchen beiseite. Wie diese dumme Person im schwarzen Kleide mit dem weißen Häubchen dastand und winkte und das eben empfangene Trinkgeld noch warm in der Hand hatte!

Vor allen Leuten zog er sie beiseite, so daß man ihn mit dem Hotelpersonal vertraut sah. Die Schmachtende mußte es auch noch sehen!

In aller Eile, während man dem Wagen nachwinkte und Grüße nachschickte, erkundete er: Sie fuhr heute nach Salzburg, aber mit der Lokalbahn, um dort noch den Abendzug nach Linz zu erreichen. Ihr Gepäck ging gleich nach Linz, von wo sie zu Schiff nach Wien reisen wollte. Wenn er also bald aufbrach. konnte er noch den Dampfer erreichen und in der nächsten Hauptbahnstation den Zug, so daß er in Salzburg rechtzeitig für den Abendschnellzug nach Linz eintraf. Ein rascher Entschluß! Hol' ihn der Teufel, hole der Teufel das Benefiz! Sie hatte ihm ja gewinkt, deutlich gewinkt. Sollte er nicht fähig sein, ihretwegen auf eine Theatervorstellung, auf eine Tageseinnahme zu verzichten? War er ein Mann, ein Liebhaber, ein Schwärmer oder eine Theaterfigur? War die Überackerin wichtiger als seine Leidenschaft? Sollte er sich über einem Benefiz versäumen? Von allen Gedanken durchwirbelt, rannte er, den Hektor immer an der Seite zum »Braunen Ochsen« und stahl sich, von den Schauspielern unbemerkt, auf seine Dachstube. In höchster Eile warf er seine Siebensachen in seine Ledertasche, einen alten Lodenmantel über die Schulter und schlich, pfiffig lächelnd, wieder über die Holzstiege hinab, deren Knarren er bei jedem Schritt verwünschte. Endlich war er im Freien. Er hatte zwar Hunger – es war

Mittagszeit, die andern saßen jetzt in der Gaststube beim Essen und stärkten sich – zu seinem Benefiz. Hol' sie der Henker! Er konnte ja noch beim Krämer ein Brot und ein Stück Wurst kaufen. Seine Zeche berichtigte er nicht, das überließ er der Überackerin. Sie hatte ihn ohnehin genug ausgenützt. So verschwand er vom Schauplatz dieser Handlung und betrat die Landungsbrücke des Dampfers. Um diese Zeit waren wenig Gäste da. Man erkannte ihn nicht. Der Dampfer kam, legte pfauchend und gurgelnd an. Ingomar stieg gespannten Ausdrucks ein, Hektor schlich neben ihm ängstlicher und schuldbewußter als sein Herr. Als das Schiff wieder mitten im See dahinfuhr und die hellen Häuser des Ortes an dem waldigen Ufer kleiner wurden, beruhigte sich seine Aufregung und er malte sich im Geiste die Verlegenheiten aus, welche heut abend entstehen würden, wenn der Ferdinand bei der Kabale und Liebe fehlte. Nun, mochte die Überackerin sehen, wie sie ohne ihn fertig wurde. Er hatte Besseres vor, gelt, Hektor? Der Treue sah ihn ratlos an und tat, als verstünde er ihn. Dafür verabreichte ihm Ingomar ein Stück Brot und Wurst.

Abends – gerade als die Vorstellung angehen mochte – fand er sich in Salzburg in der Bahnhofshalle mit Hektor ein. Großes Gedränge, er wurde in einen Wagen dritter Klasse hineingeschoben und konnte nur eben von weitem einen blauen Reiseschleier winken sehen. Geduld, liebes Herz, in Linz sehen wir uns wieder! –

Die Überackerin müßte eine schlechte Prinzipalin gewesen sein, wenn sie den Abgang ihres ersten Helden nicht lange vor dem Beginn der Vorstellung gemerkt hätte. Schon am Nachmittag fehlte ihr der Junge. Seine Stube war leer, aufgeräumt. Kein Zweifel, er war davongegangen. Oh, ihre Ahnungen. Nun hatte er wirklich den gefürchteten Raptus bekommen und gleich auch das Äußerste ausgeführt. Daß er sehr bald in Verlegenheit sein würde, konnte sie hier weder trösten, noch beruhigen. Was sollte sie mitten in ihrer Saison ohne Helden anfangen? Ob sie sich heute mit einer Ersatzvorstellung helfen konnte? Aber man kann leider nicht täglich Ersatzvorstellungen geben. Seine Zeche fiel ihr auch zu. Sie rannte in alle Geschäfte des Ortes, um nach dem Flüchtling zu fragen, er hatte sich ja auch im Hotel herumgetrieben, sie versuchte beim Oberkellner etwas Näheres herauszubringen. Der schmunzelte und deutete mit aller Vorsicht und gewählten Ausdrücken an, daß vielleicht irgendein galantes Abenteuer den Herrn weggelockt haben möge, vielleicht stünde die Abreise einer gewissen Dame mit der seinen in einem gewissen Zusammenhange. O ahnungsvoller Engel! Da erinnerte sie sich, daß die Sommergäste alle um diesen Herrn Baron Bühl versammelt zu sein pflegten, der gewissermaßen der Oberste der Sommerfrischgesellschaft war und auch der anerkannte Herr des Ortes selbst. Vielleicht wußte der Näheres, konnte ihr raten, helfen. So wagte sie denn, ihn aufzusuchen, und ließ sich in dem vornehmen alten Schlosse anmelden, das hoch über dem See, halb Burg, halb Landhaus, geräumig mit Wirtschaftsgebäuden, Stallungen und behaglichen Wohnzimmern, inmitten eines gepflegten Gartens dastand und die ganze Landschaft überblickte. Von den Fenstern der Halle sah man weithin in alle Himmelsrichtungen über den See, über die Höhenzüge nach fernen Tälern, und in ihrer Aufregung glaubte sie, wenn sie nur einen Wink bekäme, wo sie ihren Flüchtling eigentlich suchen müßte, sie würde ihn irgendwo, als einen ganz kleinen schwarzen Punkt hinziehen sehen können und von seinem Benefiz wegstreben. Der Baron war nicht einmal sehr erstaunt, als man ihm die Überackerin meldete. Da er mit allen Angelegenheiten und Neuigkeiten befaßt wurde, überraschte es ihn nicht weiter, daß ihn auch die Prinzipalin des wandernden »modernen Ensembles« aufsuchte. Er trat, ein freundliches Lächeln auf seinem roten und braunen Gesicht, halb Gutsherr und Bauer, halb Weltmann und ländlicher Gewalthaber ein und begrüßte die ältliche Person mit einer Verbeugung, welche leicht genug ausfiel, da er mit diesem Theater nicht zu viel Aufhebens machen wollte, aber doch angemessen schien, da er mit einer Dame zu tun hatte. Denn irgendwie war diese ältliche, anständig, aber kümmerlich gekleidete Person doch eben eine Dame und verriet auch eine gewisse Gebieterschaft und Bildung. Ja, ihr verblühtes Gesicht, ihre groben, bei Tageslicht schon recht grauen Haare unter dem altmodischen Blumenhut, die hageren Arme in Zwirnhandschuhen, das graue Wollkleid, die versorgten Züge und die unruhigen, dunkeln Augen machten hier im Leben, nachmittags, einen besseren Eindruck von Ernst, Verantwortung, Sorge und Selbstbeherrschung, als jemals in der Abendbeleuchtung des Theaters, wo sie geschminkt war und jugendlich tat. Sie setzte denn auch gleich mit anständigen Worten den Zweck ihres Besuches auseinander und verhehlte nicht, daß die Flucht ihres Schauspielers für sie eine fürchterliche Verlegenheit bedeute, ja den Bestand ihres ganzen Unternehmens in höchste Gefahr bringe, da sie ohne Helden und Liebhaber überhaupt kein Stück aufführen und ihr Ensemble nicht zusammenhalten könne. Sie selbst und auch die Mitglieder stünden brotlos da. Ersatz sei jetzt kaum zu beschaffen. Darum frage sie den Herrn Baron, ob er ihr nicht einen Wink geben könne, wie sie den Unglücklichen suchen, auffinden und zur Stelle schaffen möge. Denn auch der Leichtsinnige sei mehr zu beklagen, als zu verdammen. In jedem Künstler stecke nun einmal irgendein gefährlicher Hang zum Abenteuer und Ausbruch, eben dadurch und deshalb sei einer ja eben Künstler, und man müsse einen solchen bitteren Mangel eben um des Vorzugs willen verzeihen, dem er entstamme. Sie habe an dem Entflohenen doch trotz allem einen fleißigen, begabten und strebsamen Schauspieler gehabt und geschätzt, dem sie schließlich auch diesen unverantwortlichen Streich zugutehalten müsse als einem rechten Kinde, nur wolle sie ihn zurückbekommen und zur gewohnten Arbeit wieder haben. Der Baron hörte sie höflich und geduldig an. Er wußte nichts anderes, als was alle wußten, daß Ingomar entflohen war. Sowohl die Überackerin als er selbst hüteten sich, den Verdacht auszusprechen, der ihnen beiden zu Ohren gekommen sein mußte, daß der Leichtsinnige einer schönen Person zuliebe das Weite gesucht habe und nun ins Blaue hinein einem blauen Reiseschleier nachziehe. Beide waren welterfahren genug, eine solche, andere Damen der Gesellschaft und mittelbar auch die Gönner des Theaters berührende Beziehung nicht zu erwähnen. Der Baron machte sich freilich ebenso wie die Überackerin seinen Reim auf die Schmachtende und auf den von ihrem Magnet angezogenen leichten Span. Er wußte aber nichts über Ingomars Verbleiben, Reiseziel oder Aufenthalt und konnte mit gutem Gewissen versichern, er ahne nicht entfernt, was der Held und Liebhaber draußen in der Welt vorhabe. Die Überackerin schüttelte schmerzlich den Kopf, sie sehe nun ein, daß sie wohl auch nur geringe Hoffnung hegen dürfe, den Flüchtling wiederzubekommen. Wie sie sich nun helfen solle und könne, wisse sie freilich nicht.

Der Baron Brühl betrachtete sie mit einem gewissen Wohlwollen, die ordentliche, nüchterne und selbst in aller Aufregung gefaßte

Person gefiel ihm gar nicht übel, und da es schon sein Beruf war, begann er wieder Vorsehung zu spielen und nachzudenken, wie er ihr helfen könne. Wenn er nicht schon ein so alter Knabe gewesen wäre, hätte er ihr vielleicht angetragen, selbst als Ferdinand oder in anderen Rollen aufzutreten, um ihr das Weiterspielen zu ermöglichen, denn er hatte zeitlebens für das Theater eine rührende, wenn auch unerwiderte Liebe gehabt. Aber Scherz beiseite, er möchte ihr einen anderen Vorschlag machen. Da er nicht zum Theater kommen könne, möge sie zu ihm kommen. Die Überackerin sah ihn erstaunt an. Nun, das sei nicht so unglaublich und unmöglich, wie es scheine. Er halte sie für eine ordnungsliebende, genaue und ehrliche Frau, der man wohl auch ein Hauswesen anvertrauen könne, das ja schließlich auch nicht viel verwickelter zu betreiben sei als eine Theaterwirtschaft. Kurz und gut, er suchte eine Beschließerin, die ihm auf seine Vorräte sehe, das Nötige austeile und überwache. Die Vorgängerin sei ihm zwar nicht durchgegangen, wie Frau Überacker ihr Held, aber sie habe ihm gekündigt, und nun scheine ihm das Zusammentreffen zweier Verlegenheiten einen gemeinsamen Ausweg zu zeigen. Sie sei doch schließlich im Theater nicht gerade glücklich, meinte er, die ewigen Verlegenheiten und Sorgen müßten einer Frau in vorgerückten Jahren, sie verzeihe, daß er so aufrichtig rede, doch zuwider werden, das Einkommen schwanke von Schulden zu geringstem Ertrag, jeder Tag bringe neue Enttäuschungen, neue Schwierigkeiten, er glaube kaum, daß sie auch nur einen Zehrpfennig für Zeiten der Not und Krankheit zurücklegen könne. Sie habe vielleicht selbst schon manches Mal die Bühne und den falschen Zauber dieses Berufes verwünscht, ein ruhiges, bürgerliches Geschäft begehrt, eine sichere Zukunft und eine Ausnützung ihrer fraulichen Fähigkeiten. Was aber ihre kleine Truppe anlange, um die sie sich etwa auch noch Sorge machen müsse und die sie nicht ohne weiteres im Stich lassen könne, so glaube er auch für die Leutchen, wenn sie nur arbeiten wollten und ehrlich seien, Arbeit und Brot schaffen zu können. Jeder würde sich schon an einer geeigneten Stelle verwenden lassen und wenigstens so lange hierbleiben können, bis er etwas anderes, Geeigneteres gefunden habe. Aber auch von den Mitgliedern erwarte er, daß sie in das bürgerliche Dasein am Ende nicht ungern zurückkehrten.

Er hatte sich in edlen Eifer hineingeredet und alle Gründe erschöpfend vorgetragen, die er für seine gute Absicht nur geltend machen konnte. Die Überackerin saß still da, senkte den Kopf und spürte, wie sie rot im Gesicht wurde und wie ihr langsam, unaufhaltsam Tränen in die Augen drangen, so daß sie, als er endlich geschlossen hatte und auf ihre Antwort wartete, kaum sprechen konnte, denn sie fühlte sich völlig verwirrt und nun noch mehr aus allem Gleichgewicht gebracht als vordem.

Einen Augenblick schien ihr freilich aus diesem gutgemeinten Angebot die Rettung selbst, eine bessere Zukunft zu winken, ein Ende aller Mühen und Sorgen, eine aufrichtige, einfache, wahre, menschliche Existenz, ohne Selbstbetrug und ohne jene abendliche Täuschung, die sie – gescheit wie sie war – als solche verspürte und als schicksalhafte Last ertrug. Aber auch nur einen Augenblick lang. Im nächsten schien ihr die Zumutung unglaublich und unwürdig. Sie sollte einen Beruf aufgeben, dem sie ein Leben lang in Sorge und Eifer, aber auch treulich gelebt hatte, der mit allen seinen Mühseligkeiten, auch mit seiner Lüge und seinem Selbstbetrug doch auch die Schönheit, das Wunder der Welt selbst bedeutete und ihr gerade daran Anteil gab, je stiefmütterlicher sie sonst vom Glück bedacht war. Hatte sie denn ihr Geschäft nur betrieben, weil sie kein anderes Brot finden konnte, oder weil es eben ihre Kunst war? Ihre Kunst, ihr Wille und Wunsch, der seit ihrer Kindheit ihr ganzes Selbst ausgefüllt hatte. Wie mußte man einen Menschen und sein eigentliches Wesen gering einschätzen, wenn man ihm zumuten konnte, es an einem bösen Tage aufzugeben und ein anderes anzunehmen. Sie mochte freilich anderen, Besseren, Glücklicheren an Erfolg, an Begabung nachstehen, aber vielleicht waren ihr Wille, ihr Streben, ihre menschliche Kraft eben darum mehr wert als der leichtere Triumph der anderen, denn sie ertrug Leiden und jahrelange Qualen, eine Wanderschaft voll Entbehrung, Verdruß und Enttäuschung um dieser Kunst willen. Und nun sollte sie ihren Beruf, ihr eigentliches Wesen, das einzige, wofür sie lebte, wenn anders sie eben überhaupt für einen Zweck lebte, aufgeben, diese Kunst verlassen, die ihr treuer geblieben war als Jugend, Hübschheit und Liebe? Denn die Kunst hielt bei ihr aus, so wie sie bei der Kunst. Wenn man vierzig Jahre Schauspielerin ist, dann ist man es eben und wird nicht Beschließerin oder irgendwas sonst auf der Welt. Sie kleidete ihre

Ablehnung freilich in höfliche und besonnene Worte, um den wohlgemeinten Rat nicht zu kränken und den hilfreichen Baron nicht zu verletzen: sie ließ zwar durchblicken, daß ihr Stolz und ihre eigentliche Natur das Angebot verwerfen müßten, aber sie fand eine leidliche Form dafür, indem sie sich außerstande erklärte, so spät und in so vorgerückter Zeit in neue Verhältnisse einzutreten, die alten, wenn auch kümmerlichen und schwierigen aufzugeben, in denen doch, trotz allem, eine gewisse Befriedigung, sogar, wenn man es sagen dürfe, auch das eigentliche wahre Glück eines kummervollen Daseins läge.

So empfahl sie sich dem Baron, der sie mit bedauerndem Kopfschütteln entließ. – Wem nicht zu raten ist, dem ist nicht zu helfen. –

Wie erging es mittlerweile unserem, ihrem Ausreißer?

Der Abendzug fährt von Salzburg nach Linz seine guten drei Stunden und verliert allmählich die Dämmerung, die Passagiere werden müde, draußen zieht die Dunkelheit auf und weht kühl in die Fenster. Ingomar fröstelt und er spürt auch das Zittern des empfindlichen Hundes, der unter der Bank, hinter den Beinen seines Herrn kauert. Allmählich denkt der Herr nicht mehr an die Verlockungen seiner Flucht, sondern an die näheren unbequemen Umstände, weniger an den bösen Spaß seiner Benefizvorstellung ohne ihn, als an die Kälte im Wagen und an das warme Nachtmahl, das es jetzt im »Braunen Ochsen« gegeben hätte. Hingegen mußte er in Linz mit seinem Gelde zu Rate gehen, wenn er seiner Schönen noch eine gute Weile nachreisen und auch einen ernsteren Erfolg erzielen wollte. Nichts da, warmes Nachtmahl und bequemes Quartier! Wir werden im Freien auf einer Gartenbank warten, bis es Zeit ist, zu Schiff zu gehen. So begann unser Held zu denken, womit sein Hund anfing und blieb: Essen und Schlafen! In Linz schüttete der Zug die Leute rasch aus, und Ingomar erhaschte nicht einmal mehr ein flüchtiges Wehen des blauen Schleiers, der längst schon in einem Hotelwagen versorgt war. Durchfroren und hungrig stieg er über die Treppe in die Stadt hinab und gab sich gar nicht einmal mehr besondere Mühe, der Begehrten, der er nachreiste, eindringlich nachzusehen. Er versuchte seinem Gang immerhin eine muntere Bewegung, einen gefälligen, geschwinden Rhythmus zu geben, erstens wegen der Erwärmung, zweitens weil dadurch auch sein ganzes seelisches Verhalten wieder elastisch und schwungvoll werden sollte. Damit bekam auch das träge Pendel seiner Phantasie einen Stoß, daß es herzhafter schwang und in der Richtung einer wunderbaren Stromfahrt mit einem wunderbaren Mädchen in Duft und Märchen. Um bis zu diesem Morgen – das Schiff fuhr gottlob wenigstens sehr früh am Tage ab – seine Phantasie nicht völlig nüchtern durch anstrengende Vorstellungen weiter jagen zu müssen, suchte er mit seinem Hektor ein kleines Gasthaus auf und genoß ein bescheidenes, aber schmackhaftes warmes Essen, dazu das kühle, frische Bier, ließ auch dem Hund ein standesgemäßes Futter reichen, trat so gestärkt seine nächtliche Wanderung durch die Stadt an, so lange, bis er so schläfrig war, daß er auf einer Bank im Volksgarten halbwegs ungestört bis zum Tagesanbruch einzunicken hoffen konnte. Hektor leistete ihm dabei still und geduldig Gesellschaft. Endlich war es so weit Morgen, daß das graue Licht des späteren herbstlichen Tages die Stille schon mit Hahnenrufen und erstem Marktfuhrwerkslärm durchbrach. Ingomar wusch sich etwas oberflächlich an einem fließenden Brunnen und kämmte sich vor seinem Taschenspiegel, zupfte sein Hemd, seine Krawatte, Rock und Weste zurecht, gab dem weichen Hütel eine neue gefälligere Form und bestieg als erster das Schiff, um die Schöne nicht zu versäumen und sogleich mit den Augen wenigstens gefangenzunehmen, wenn sie auftrat. Seine Mittel erlaubten ihm freilich nicht, eine Fahrkarte für den ersten Platz zu lösen, wie die Schmachtende gewiß tat, aber auf dem Verdeck nahm man diese bösen Geldunterschiede nicht so genau und konnte sich hierhin und dorthin ergehen, die Aussicht bewundern oder ein hübsches Gegenüber und immer so tun, als sei man an der geziemenden Stelle.

Vorderhand füllten sich die Räume der zweiten Kajüte und das Hinterdeck rascher als der erste Platz. Bauern, Städter, ländliche Frauen, Studentlein, reisende Handwerksleute fanden sich gleich mit Taschen und Koffern, Waren und Körben und mit Musik, Gesang und Fröhlichkeit zueinander, und kaum war der Einlaß eröffnet, so trugen die eilfertigen Schiffskellner schon Bier und Wein und warme Würste, ja saftiges Fleisch mit köstlichem Zwiebelgeruch herum, boten Obst und Kuchen aus. Ein reisender Musikmacher spielte auf der Ziehharmonika, die Zuhörer sangen zu seiner Beglei-

tung, und in aller Eile war gleich eine ganz lustige Welt auf diesen
Planken zusammengebracht und in ihrem Gange; die muntere rei-
sehafte Welt der einfachen Leute: als bestünde sie ewig und nicht
bloß für ein paar Stunden Fahrt über den rasch hintragenden Strom.
Ingomar fühlte sich von diesem Durcheinander heimelig berührt,
glich es doch irgendwie der vertrauten Welt des Theaters mit seinem Gedränge und Geschiebe, mit seinen allbekannten, darum
nicht minder wahren Figuren und Situationen, dem allerweltswei-
sen Wirt, der jedem seine Erfahrungen zum besten gibt, dem ju-
gendlichen Reiseanfänger in tausend Verlegenheiten, netten, acht-
zehnjährigen Schönen, die mit vollem Herzen lachen und ihre
dunklen Blicke nach gefälligen männlichen Reisegenossen auswer-
fen, bis sie in eine kleine Galanterie eingefangen sind, wo sie sich
und den lieben Nächsten haben wollen. Dazu ein Chorus von Statis-
ten, schreienden Kindern, musizierenden Gesellen, ausrufenden
Kellnern unter einem Geruch von Wein, Bier, Speise, Petroleum und
Hanfseilen. Schon war Ingomar mitten in diesem unwillkürlichen
Trubel, als er von weitem den blauen Schleier flattern und seine
Schöne einsteigen sah. Nicht nur ihr Oheim war bei ihr, sondern
auch ein hoher, stattlicher und sichtlich reicher Kavalier mit einem
prächtigen englischen braunen Schafwollmantel, weichem Filzhut
und dauerhaften, ansehnlichen Schuhen, kurz mit einer Sammlung
von Eigenschaften und Zubehör, die ihn von vornherein verdächtig
und zugleich hochachtungswürdig machten. Ingomar verstand sich
als Schauspieler auf diese Garderobe und auf den Charakter, den sie
zugleich fördert, ja erschafft: den Gentleman. Mit ruhiger, beinahe
hoheitsvoller Selbstverständlichkeit umgab dieser Fremdling die
Schmachtende wie mit einer unnahbaren Atmosphäre von Reich-
tum, Unduldsamkeit und Selbstgenügen. Er versorgte sie mit allem
erdenklichen Nötigen, das heißt auf seinen Wink wurde alles zur
Stelle gebracht. Ein Liegestuhl am geeignetsten Platze, so daß man
die vorbeiziehende Landschaft in bequemer Haltung genoß, auf
einem Schemelchen wurde eine Platte mit Wein, Süßigkeiten, kal-
tem Braten, Obst hingestellt. Dazu nahmen der Gentleman und der
Oheim rechts und links ihre Sitze ein, so daß die Schmachtende
zwischen zwei Paladinen geschützt dalag und seelenvergnügt
schmachten konnte. Das tat sie denn auch auf die unverschämteste
Weise, indem sie in die eben stärker aufglühende Morgensonne
hinaufblinzelte, dann einem Scherz des Gentlemans mit halbem

Ohre horchend, halb im Traum vor sich hin lachte, die Beine über die ganze Länge des Liegestuhles ausstreckte, dann wieder katzenhaft einzog. Man hätte sie nur so schnurren hören mögen vor Zufriedenheit. Ingomar nahm in der Nähe an einem Pfosten Aufstellung, wo er in ganzer Figur und guter Haltung auch in bescheidener Tracht immerhin Eindruck machen konnte. Denn schließlich braucht sich ein Künstler von einem Nur-Gentleman keineswegs beschämen zu lassen, wenn der Blick, der beide beobachtet, die höhere Menschlichkeit und Bedeutung eben zu erkennen und zu würdigen weiß. Ingomar fühlte, daß er einen ganzen Menschen, eine Gattung Mensch für sich vorstelle, dafür sogar verantwortlich sei, beinahe sozusagen vor Gottes Richterstuhl. Er selbst beherrschte darum seine Züge, das zugleich Werbende, Flehende und Triumphierende des Blickes, ein Lächeln des Mundes, fragend und überlegen, das sich ebenso leicht in Schwärmerei wie in Bitterkeit erhöhen oder vertiefen konnte, eine Haltung des leicht zurückgebeugten Kopfes mit dem vollen braunen Haar, die Entrücktheit und Sicherheit, Sichgehenlassen und Fassung darstellte. Sein Anzug war nachlässig und über die bürgerliche Korrektheit des andern erhaben. Den Hut trug er in der Hand, einesteils weil sein Haar in der Brise wie eine braune Flamme im Wind stürmisch wehte, also kühn wirken mußte, andernteils weil die Kopfbedeckung am meisten die unzulänglichen Mittel verriet, mit denen er sich behelfen mußte, und daß sie in Regen und Sonne ohne Schirm, in Staub und Schmutz im Dienst herabgekommen war. Hektor achtete seinen Herrn augenblicklich nicht so sehr, um sich kleine vorsichtige, aber eigentlich schamlose Streifereien nach Eßbarkeiten auf eigne Faust hierhin und dorthin zu versagen. So kam er für diese Szene nicht in Betracht und zur Geltung, die gewissermaßen monologisch dargestellt wurde. Lange Zeit bemerkte die Schmachtende den Mahnenden, Hochaufgerichteten, schwermütig Bezwingenden an seinem Pfahle gar nicht, weil sie mit den beiden Herren ihrer Gesellschaft lebhaft sprechend die Uferlandschaft würdigte, die sich in gefällig langsamer Bewegung, ein Bild mählich ins andere überleitend, vor den Augen der Ruhenden entfaltete. Oder die Schlaue tat so, als bemerkte sie ihn nicht. In der Wirkung kam es auf dasselbe hinaus. Endlich konnte sie freilich nicht umhin, auch einmal anderswohin zu schauen, als auf die Bäume und Berge. Da beeilte er sich, ihrem Auge richtig zu begegnen, und legte in seinen Blick allen nur in einer Sekunde möglichen Ausdruck von Begehrlichkeit, Vertraulichkeit, Zusammengehörigkeit und so weiter, als seien sie beide längst schon ein nur durch den fatalen Bindestrich: Raum getrenntes Doppelwort. Aber nun denke man: sein Blick traf ins Leere, der Bindestrich traf das andere Wort nicht mehr an seiner Stelle, sie sah ihn zwar an, aber sie schien ihn nicht zu erkennen, das heißt, sie gab ihm zu verstehen, daß sie ihn nicht kannte, noch erkannte, daß er für sie ein fremdes, beliebiges, wenn schon nicht unbeliebtes, ein gleichgültiges Mitreisewesen war, nicht ein Mitreisebetörter, Mitlebensverlockter. Sie hatte eine Art, die schwarzen Augen zu öffnen und dabei die Seele dahinter zu verschließen, um die sie der arme Schauspieler hätte beneiden können, wenn er an Kunst, an seine Kunst bei dem armseligen kleinen Trauerspiel hätte denken können, dessen letzte Szenen – Dastehen, Schauen und Angesehenwerden – er hier ausführen, mit sich ausführen lassen mußte. Er schämte sich, wie er dastand und gesehen wurde, ohne zu einem eigentlichen Bemerktwerden zugelassen zu sein. Ein umgekehrter Sankt Sebastian am Pfahl, der gemartert wird, indem man ihm die holden Pfeile entzieht. Er wartete auf einen zweiten Blick. Der war aber nicht besser als der erste. Ingomar fühlte sich so durchfroren von dieser Kälte, daß er seine Haltung aufgab und müde, verdrossen über das Deck zu wandern anfing. Auch das war nicht leicht, denn es gab allenthalben Hindernisse: Liegestühle, Hocker, Operngucker, Koffer, Kinder und Große. Er wollte noch nicht alle Hoffnung ausgeben, vielleicht konnte er ihr bei einer besseren Gelegenheit besser begegnen. Er fand seinen Weg genau an ihr und ihren Beschützern vorüber. Er streifte sie beinahe. Der Gentleman sah über ihn hinweg, der Onkel dachte nicht an ihn, die Schmachtende zeigte ein verdrießliches Gesicht. Nein, sie kannte ihn nicht, sie hatte es so beschlossen, die Elende, diese gewissenlose Verführerin, die ihn richtig aus seinem sicheren Ganzen herausgedreht und als einzelnen Faden um ihren Finger bis hierher gewickelt hatte. Jetzt warf sie diesen Faden weg und drehte bereits mit allem Behagen an einem neuen: Gentleman! Ingomar hatte nicht übel Lust, mit diesem Selbstvergnügten anzubinden, um ihm irgendeine Wahrheit dieses Weib betreffend an den Kopf zu werfen. Aber er besann sich zeitig seiner Menschenwürde und verschmähte den Streit. Zudem war der Kerl besser genährt als er, mithin zum Siege bestimmt. Hatte

Ingomar nicht schon Schaden genug an seiner bereitwilligen Phantasie erlitten, um Schluß zu machen?

Das Schiff legte bei einer ganz fremden Station an: Hier ist gewiß auch eine sehenswerte Gegend, und aller Vermutung nach wird es auch hier nicht mehr Elende geben als sonstwo, dachte Ingomar, pfiff seinem Hektor und verließ zu seiner eigenen Überraschung über einen so eiligen Entschluß das Schiff. Dabei winkte er noch der Schmachtenden mit einem höhnisch-ehrerbietigen Gruße, den sie ebensowenig erwiderte wie alle bisherigen Grüße auf der Fahrt.

Nun stand er also in der Fremde mit seinem Hund allein, inmitten der neugierigen Menge, die musternd die Aussteigenden umringte und den Einsteigenden nachblickte. Er drang eilig durch den Haufen und gewann die Landstraße, einen so heißen Zorn und solche Verachtung im Herzen, daß es ihn gelüstete, seine Arme und Hände und Beine zu brauchen, um über irgend etwas herzufallen. Die Besinnung, die ihm jetzt kam, stellte ihm auch seine nächste Zukunft bedrohlich genug vor. Er hatte gerade nur noch soviel Geld in seiner Börse und Brieftasche, um knapp ein paar Tage sehr genau haushalten zu können, bis er wieder etwas Ordentliches verdiente. In diesen paar Tagen durfte er aber beileibe keine Seitensprünge machen. Nicht etwa eine Reise nach zwei elenden Verführerinnenaugen unternehmen, nicht einmal zwei Mahlzeiten im Tag und kein eigentliches Nachtquartier beziehen, sondern nur bei Mutter Grün oder Vater Gelegenheit, im Heu oder in einem Wald und Laubwinkel. War aber mit all dieser Vorsicht das weitere Leben, das sogenannte nackte Leben – es fror ihn schon bei diesem Eigenschaftsworte – gesichert und gewonnen? Wohin sollte er denn reisen, was suchen und unternehmen? So gingen die Abenteuer auf dieser Welt des Wenn und Aber, des Bargeldes und der moralischen Sicherheiten, der genauen Rechnungen aus, bevor sie noch angefangen hatten. Anstatt daß einer das Wunder wahrmachen durfte, sich auf dem Mantel seiner Wünsche in das ferne blaue Land der Einbildung zu begeben ohne Fahrkarte und gesicherten Aufenthaltsausweis, anstatt daß einer das kümmerliche Denken auf Urlaub schicken durfte, um sich vom mächtigen Gefühl allein tragen zu lassen, warf ihn der erste Windstoß gleich zu Boden, stieß ihm die Nase gegen die Härte und lehrte ihn denken. Lehrt Not beten? Sie lehrt nur kläglich überlegen, beten wäre tröstlicher, aber er hatte um eine

Schmachtende gebetet, um zwei dunkle Augen, um ein verflucht schönes Lächeln, und das hatte nur den Erfolg gehabt, daß er jetzt zu denken bekam.

Er überlegte, ob er etwa an die Überackerin telegraphieren sollte: Alles verloren, hier bin ich oder so ähnlich. Vielleicht würde sie ihn auslösen, ihm das Fahrgeld schicken, und er konnte wieder im modernen Ensemble erscheinen. Aber das widerte ihn an, nicht nur, weil er sich vor dem ganzen schönen Ort am Salzkammergutsee und vor den Schauspielerkollegen und vor jedem Bekannten und Unbekannten dort in die tiefste Seele hinein schämte als blamierter, genarrter Guckindiewelt, sondern weil ihm mit der Reue auch ein blutiger Zweifel an diesem ganzen bisherigen Geschäft des Scheins aufgestiegen war, das er als Kunst mit selbstverständlichem Stolze und sozusagen von Natur aus betrieben hatte, als sei es gerecht und gut. Er hatte diese Kunst leicht genommen und war dabei selber zu leicht. Darum erschien sie ihm jetzt – wahr oder unwahr – als eine arge Fratze des Eigentlichen, das sie meinte oder wollte. Darstellung und Kunde des Menschen und der Seele durch ein würdiges Werkzeug. Wer mit einer Schmiere umherzog und der noch beim ersten Anlaß davonlief, hatte bei der Kunst nichts zu suchen. Er mochte wohl das Talent haben, jedoch der Charakter fehlte ihm. Er hätte wissen müssen, daß man als Künstler sich am Scheine zu sättigen hat, an den Vorstellungen des Gefühls, an den berauschenden Gedanken der Erfüllung, am Wort, daß man aber ein elender Narr ist, wenn man die Abenteuer bar erleben, jeden Blick wirklich nehmen und eine Schmachtende anders erobern will als im hohen Traum des ersten Schauens zwischen Himmel und Erde. Er hatte Wirklichkeit haben wollen statt Schein, Tatsache statt Einbildung, so gehörte er in die Hölle der Wirklichkeit, nicht in die wunderbaren Himmel der Lüge und Einbildung. Ihm war es nicht mehr gesagt, in irgendeinem dumpfen Theatersaal mit einer sechzigjährigen armseligen Parthenia und zwei bärtigen Tectosagen den »Sohn der Wildnis« zu erleben oder die ungeheure Wildnis der »Räuber« oder der »Kabale« oder die muntere Lüge irgendwelcher gefälligen Gattung. Ihm war der Glorienschein der Einbildung, der Schimmer des selbstverständlichen Tuns und Glaubens und Müssens, des eigentlichen Spieles und Ernstes vom Haupt genommen, er war wie ein gestürzter Engel des Herrn in die Finsternis des Ja, Ja, Nein, Nein, der logischen, wahrhaften, wirklichen Hölle versetzt worden. Nun war es nur recht und billig, daß er sich hier ordentlich läuterte. Er brannte ordentlich nach läuternder gemeiner Arbeit. Nicht, daß er sie höher stellte als seine leichtsinnige Kunst, im Gegenteil, aber er fühlte sich ihrer schuldig, mit Arbeit strafbar. Er wollte seine Arme, Beine, Muskeln, jedes einzeln, spüren und mit Beschäftigung strafen, als könne er diese arge Welt umwerfen und einreißen.

So wanderte er denn grimmig entschlossen neben seinem von solchen Zweifeln vermutlich nicht beirrten Hektor über die Landstraße, durch kleine Ortschaften mit Obstbäumen und letzten üppig blühenden Georginen und Dahlien und an manchen sanft oder steil ansteigenden Weingeländen vorüber. Nirgends schien man ihn zu bemerken, in den Häusern alles ausgestorben, denn es war volle Arbeitszeit und die Leute auswärts. Höchstens, daß ihn eine ganz verblödete Alte oder ein noch nicht vernünftiges, flachshaariges, kleines Wesen unverständig ansah, wenn er kräftig hindurchging, denn es war ihm zumute, als sei er vom Bodenlosen, aus dem luftig unwahren Bezirk nun auf die Erde gelangt und gelandet.

Endlich traf er auf der freien Landstraße ein altes Anwesen, ein Haus, ein bißchen verwahrlost, mit offener Türe, die auf einen dunklen Flur sehen ließ, unter dem Gesims Tauben, vor dem Rinnstein ein paar Enten, Gänse und auf dem Misthaufen, der dem kleinen Garten mehr als gerecht Raum wegnahm, ein Schock Hühner. An der ganzen Hauswand entlang lief aber eine Holzbank, und auf der saß ein ältlicher Mensch mit einem zufriedenen, doch kümmerlichen Gesichtsausdruck, hatte neben sich einen Laib Brot, ein großes Stück Speck, einen anmutig geformten Krug mit Wein und ein volles Krügelglas. Von seinem Brote warf er gelegentlich den Vögeln ein paar Brosamen zu und betrachtete sie, wie sie fleißig und sauber jedes Stücklein auflasen, indes er einen großen Bissen in den Mund beförderte, dazu ein Stück Speck abschnitt, einen Schluck aus dem Krügel tat und mit dem Handrücken danach den Mund wischte. Hektor, der wohl niemals alt und satt genug werden mochte, um gleichgültig einem möglichen Essen unbeteiligt zuschauen zu können, blieb ganz unverfroren vor dem Manne, vor der Bank stehen und wedelte mit freundlichem Ausdruck. So blieb auch sein Herr unwillkürlich stehen und war – ohne es zu wissen – gebannt von der freundlichen Aussicht einer solchen einsamen Rast bei Brot und

Speck und Wein. Indem diese sechs einfältigen Augen einander maßen und wogen, ergab sich auch eine Frage nach dem Woher und Wohin. Der Essende fand bald heraus, daß der Stehende auf der Wanderschaft und hungrig sei, wie sein Hund, Ingomar aber, daß der Essende gewissermaßen übersatt von Einsamkeit und Arbeit ganz wohl einen Gesellen brauchen konnte wie ihn, denn er lud ihn zum Sitzen ein, brachte ein zweites Brot, holte aus dem Keller, der gleich vom Hausflur über ein paar Stufen erreichbar war und aus der geöffneten Tür den säuerlichen, betäubenden Geruch jungen Weines heraufschickte, einen zweiten Krug, aus der Küche ein zweites Stück Speck und für den Hund eine Ladung geeigneter Brocken und fütterte so zwei fremde Gäste wie die Vögel, die er speiste an Stelle des Herrn, der die Lilien auf dem Felde wachsen ließ und die Vögel der Einsamkeit sättigte.

Indem Ingomar sich neben dem Alten niederließ und die beiden doch schon ermüdeten Beine weit ausstreckte, ins Brot hineinbiß und vom Speck mit seinem zierlichen Taschenmesser angemessen kleine Schnitten mit Anstand und guter Art absäbelte und aß, hörte er die Klage seines Wirtes an, daß dem unlängst sein Weib gestorben war und ihm Haus, Weingarten und Gerät in aller Unordnung allein überlassen hatte, so daß er sich gar nicht mehr auskannte vor Arbeit. Daß er keine Kinder und niemand auf der Welt hatte, aber da noch leben wollte, weil er eben da war und weil sich doch jemand der Hühner und Enten, des Kellers und der Reben annehmen mußte; daß er darum recht geplagt sei und Hilfe suche, ohne jemand rechten zu finden. Indem er den vornehmen jungen Mann mit einem halb argwöhnischen und verdächtigen, halb zutraulichen und freundlichen Blick vom Kopf bis zu den Füßen musterte, schien er zu fragen: Bist du zu brauchen und willst dich brauchen lassen oder bist du zu gut und zu schlecht für mich? Und indem Ingomar diese halbe Werbung dieser Blicke aus den kleinen, von schweren Augenlidern fast zur Hälfte verschlossenen grauen Augen über sich ergehen ließ, ähnlich wie weiland die Schmachtende im Bade seine Blicke, dachte er so von ungefähr: Wie wär's, wenn ich dabliebe und es versuchte, hier Ernst und Arbeit und die Hölle der Langeweile und Wirklichkeit zu ertragen?

So kamen die beiden, sitzend und kauend und zähe Worte wechselnd, zu einer stillschweigenden Verständigung, während Hektor vor den Hühnern in aller Ruhe die Knochen sauber abnagte. Die Gänse und Enten gackerten, die Tauben flogen elegant und schwungvoll auf, ließen sich nieder und spazierten mit stolzen Rucken ihrer kleinen eingebildeten Köpfchen auf und ab, der Hahn schrie von seinem Miste. Auf diesem Schauplatze ward also ein Vergleich zwischen dem Abenteuer und der Wirklichkeit abgeschlossen, ein beschämender Friede, bei welchem die Kunst ihre Waffen streckte und ihre Fittiche einzog vor Brot und Speck. Ingomar verriet sich aber nicht, er gab nur beiläufig zu verstehen, daß er als wandernder Student zufrieden sei, hier eine Weile zu hausen und zu helfen. Schon um ein wenig in Gottes freier Natur zu schaffen und zu leben, wie so viele Menschen vor, neben und nach ihm. Der Alte machte sich über die Antwort nicht viele Gedanken und hatte genug an der Aussicht, jemand bei sich zu wissen, der ihm arbeiten und schweigen half.

Nach der Mahlzeit führte er den neuen Hausgenossen gleich auf den Weinberg und hieß ihn jäten und säubern, Reben binden, die Vogelscheuchen instand setzen, Wasser holen und die schweren Eimer von unten bis hoch hinauf zu den letzten Reihen tragen, wo gegossen werden mußte. Zwischen den Reben wuchs auch Kohl und Kraut und Unkraut, das bedient, also gereutet werden mußte. Ingomar lernte die schönen, flattersüchtigen Schmetterlinge verachten und verscheuchen, lernte Holz sägen und kleinmachen, in der Küche Geschirr waschen, ordnen, den Boden fegen und säubern, sogar ein Essen kochen, wenn ihnen am Abend nach etwas Warmem zu Sinne war.

Unter dem Dach bekam er ein Zimmerchen, das er von Grund aus reinigen mußte, um es ohne Furcht bewohnen zu können. Vom Fenster wehte sogar ein alter roter Vorhang kriegerisch in die Lüfte, und Geranien standen in Töpfen am Brett, die er begoß, damit sie wieder in Grün und Blüte kamen, denn alles war recht verwahrlost und vertan. Der Alte rauchte seine Pfeife, der Junge seine Zigarette, und sie knurrten einander dabei mit wenigen und nicht eben ausgebildeten Worten an.

So flossen die Tage des Herbstes mit Duft und Farbe ineinander und vorüber, die Landstraße war einsam, man glaubt gar nicht, wie selten ein Wagen und Wanderer vorüberzieht, wenn einer bei der

Arbeit nicht Zeit hat, darauf zu achten, und wie rasch die Sonne vorübergeht und wie fremd und unnahbar die Wolken am Himmel vorübergehen, und wie plötzlich sich die Bäume färben und das Laub bunt wird, und wie wenig man vom sogenannten Leben sieht, wenn man keine Zeit hat. Über der Arbeit versäumt man es, und es ist gar kein Spiel mehr, sondern nur Mühe und Müdigkeit. Ingomar hatte nicht einmal Zeit, sich vor den Leuten zu schämen, die vorbeizogen, ja, es kam ihm sogar vor, als bemerkten sie ihn gar nicht, daß er, ein anderer, unzuständiger, hier wie ein Knecht diente.

Nach der Weinlese kam die Presse im Felsenkeller, der im Weinberg selbst eingemauert war. In dem schwülen, süßen Geruch der dicken, dunstgesättigten Luft des finsteren Raumes ward man von diesem Hauch von Schwere allein schon trunken, aber ohne Gedanken und ohne Traum. Man leerte ein Krügel des trüben Mostes nach dem andern und aß fettes Geselchtes dazu. Draußen sammelte sich der Haufen rötlicher Treber, drinnen floß langsam der ungegorene Wein in die großen Fässer. Dann schleppte man auf umgehängtem Tragbrett den Dünger von unten hoch hinauf zu den begierigen, Schweiß und Mühe fressenden nimmersatten Reben. Dann ging man wieder in den Keller und schwankte wieder in dem traumlosen Schweben dieses schweren Duftes, bis man abends auf das Lager niederfiel.

War das Recht und Unrecht, Strafe oder Lohn, Hölle oder Himmel, dieses Leben ohne Gedanken, diese Selbständigkeit der Hände und des Hungers, dieses von der Hand in den Mund, diese Nahrung wegen der Ruhe, diese Ruhe wegen der Arbeit, und immer neben dem alten Menschen, der das gleiche tat und von heute auf morgen da war? Ingomar schienen hundert Jahre seit seiner Verwandlung vergangen, und als würde er die andere, eigentliche Welt, die Welt der Worte und des Spieles, der gedachten Leidenschaften und eingebildeten Figuren gar nicht mehr wiedererkennen, wenn er sie jemals wiederfände. Wo war sie denn, war sie überhaupt wirklich auf der Welt, diese andere Welt des Scheines, der Bühne, der geputzten Menschen, der gefallsamen Frauenzimmer, der witzigen, gutgekleideten Zuschauer, der eifersüchtigen Schauspieler, der Rollen, des Souffleurs, der interessierten Gedanken?

Langsam vergingen auch die Herbsttage, ließen achtlos die Blätter fallen, führten achtlos Regenwolken und jagende nasse Schauer herbei, streiften die letzten Beeren von den Trauben, vergoren den trüben Most, schlossen Türen und Fenster vor der wachsenden Kälte. Die Gärtchen wurden fahl und unordentlich, die Astern verwickelten sich in ihren letzten Blüten und verdorrenden Blättern, man hörte die Fuhrwerke häufiger vorüberrasseln, die Welt der Farben wich der Welt der Geräusche und Töne, man hörte jetzt den Strom stärker rauschen und brausen, in den Lüften scholl der Lärm der Winde und der Raben, das Pfeifen der aufgejagten Staub- und Blätterhaufen, alter Kehricht pfiff um die Ecken, die Türen schlugen, die Schlüssel klirrten, die Wände knarrten, durch das einsame Haus fuhren Stöße. So redete die Einsamkeit und Leere, gedankenlose Hölle der Arbeit und traumlosen Einfalt zu dem gesättigten, verstoßenen Komödianten.

Im November sollte er einmal ins nächste Städtchen gehen, um ein Faß Wein abzuliefern. Er führte es in einem Handwägelchen, und sein überflüssiger, aber treuer Begleiter Hektor trabte frei daneben. Denn der edlere Hund ließ sich nicht einspannen, und so kam es, daß Ingomar wie ein Hund die Last schleppte, während Hektor wie ein Herr lustig daneben lief und ihn gewissermaßen bewachte. Der alte Mann hatte Ingomar gebeten, dieses Geschäft zu besorgen, das Faß Wein machte einen ganz guten vorläufigen Ertrag aus. Ward es vorteilhaft angebracht, so konnte man noch ein zweites und drittes liefern und für den Winter allerhand Bedarf eintauschen, sich dann in das Haus einschließen und auf das Frühjahr warten, denn das hieß hier und allzumal: Leben.

Als Ingomar so ingrimmig gedankenlos mit seinem Wägelchen in die kleine Stadt eingefahren war und das Faß Wein in dem großen Gasthofe abgeliefert hatte, der ihm bezeichnet war, trat er, seiner Last und seines Auftrages entledigt, unwillkürlich vor einen großen Anschlagzettel, der am Tore hing und ihm erst bekannt vorkam, als er sich der langvergessenen Gewohnheit des Lesens entsann. »Friederike Theresia Überackers modernes Ensemble.«

Und wie auf ein Stichwort kam aus dem Gastzimmer auch die alte Prinzipalin, kam der Souffleur, Inspizient, diensthabende Regisseur, komische Alte und Zettelträger mit der Schirmkappe und dem Leinenkittel hervor. Beide maßen Ingomar verdutzt und trauten ihren Augen nicht.

Er war es, sie waren es. Sie schwiegen betreten. Dann lächelte die Überackerin wunderlich, als wäre ihr ein Traum in Erfüllung gegangen, es zuckte um ihre Augen, Ingomar stand da und wußte nicht, welchen Gebrauch er von seinen steif gewordenen Gliedmaßen, vor allem aber von seinem verhärteten Gesicht machen sollte, denn er schämte sich jetzt und verachtete sich, nicht wegen seiner Arbeitswochen und seines Fleißes, auch nicht wegen des längst verwundenen Abenteuers um eine gewisse Schmachtende, sondern wegen des begangenen Verrates an seinem Schicksal und eigentlichen Selbst: an seiner Kunst.

Sie schüttelten einander die Hände, und so war er wieder bei ihnen, bei sich selbst.

Hektor aber lief um diese Gruppe, schnupperte gelegentlich an einem Eckstein, kehrte zurück und hielt die drei Wiedergefundenen gutmütig zusammen als ein glücklich unwissendes, glücklich überlegenes Geschöpf Gottes, das nicht irren kann, weil es sich auf die Höheren verläßt, selig, wenn alle irrenden Willen und Wünsche tröstlich zusammenkommen, ohne daß es für einen Hund Schläge und Hunger absetzt.

Über tredition

Eigenes Buch veröffentlichen

tredition wurde 2006 in Hamburg gegründet und hat seither mehrere tausend Buchtitel veröffentlicht. Autoren veröffentlichen in wenigen leichten Schritten gedruckte Bücher, e-Books und audio-Books. tredition hat das Ziel, die beste und fairste Veröffentlichungsmöglichkeit für Autoren zu bieten.

tredition wurde mit der Erkenntnis gegründet, dass nur etwa jedes 200. bei Verlagen eingereichte Manuskript veröffentlicht wird. Dabei hat jedes Buch seinen Markt, also seine Leser. tredition sorgt dafür, dass für jedes Buch die Leserschaft auch erreicht wird.

Im einzigartigen Literatur-Netzwerk von tredition bieten zahlreiche Literatur-Partner (das sind Lektoren, Übersetzer, Hörbuchsprecher und Illustratoren) ihre Dienstleistung an, um Manuskripte zu verbessern oder die Vielfalt zu erhöhen. Autoren vereinbaren direkt mit den Literatur-Partnern die Konditionen ihrer Zusammenarbeit und partizipieren gemeinsam am Erfolg des Buches.

Das gesamte Verlagsprogramm von tredition ist bei allen stationären Buchhandlungen und Online-Buchhändlern wie z. B. Amazon erhältlich. e-Books stehen bei den führenden Online-Portalen (z. B. iBookstore von Apple oder Kindle von Amazon) zum Verkauf.

Einfach leicht ein Buch veröffentlichen: **www.tredition.de**

Eigene Buchreihe oder eigenen Verlag gründen

Seit 2009 bietet tredition sein Verlagskonzept auch als sogenanntes "White-Label" an. Das bedeutet, dass andere Unternehmen, Institutionen und Personen risikofrei und unkompliziert selbst zum Herausgeber von Büchern und Buchreihen unter eigener Marke werden können. tredition übernimmt dabei das komplette Herstellungs- und Distributionsrisiko.

Zahlreiche Zeitschriften-, Zeitungs- und Buchverlage, Universitäten, Forschungseinrichtungen u.v.m. nutzen diese Dienstleistung von tredition, um unter eigener Marke ohne Risiko Bücher zu verlegen.

Alle Informationen im Internet: **www.tredition.de/fuer-verlage**

tredition wurde mit mehreren Innovationspreisen ausgezeichnet, u. a. mit dem Webfuture Award und dem Innovationspreis der Buch Digitale.

tredition ist Mitglied im Börsenverein des Deutschen Buchhandels.

Dieses Werk elektronisch lesen

Dieses Werk ist Teil der Gutenberg-DE Edition DVD. Diese enthält das komplette Archiv des Projekt Gutenberg-DE. Die DVD ist im Internet erhältlich auf **http://gutenbergshop.abc.de**